KB065512

0인칭의 자리

윤해서 장편소설
# 0인칭의 자리

초판 1쇄 발행  2019년 9월 30일
초판 3쇄 발행  2020년 5월 28일

지은이     윤해서
펴낸이     이광호
주간       이근혜
편집       박선우 이민희 조은혜 김필균
펴낸곳     ㈜문학과지성사
등록번호   제1993-000098호
주소       04034 서울 마포구 잔다리로7길 18(서교동 377-20)
전화       02) 338-7224
팩스       02) 323-4180(편집) / 02) 338-7221(영업)
전자우편   moonji@moonji.com
홈페이지   www.moonji.com

ⓒ 윤해서, 2019. Printed in Seoul, Korea

ISBN 978-89-320-3578-9 03810

이 도서의 국립중앙도서관 출판예정도서목록(CIP)은 서지정보유통지원시스템 홈페이지
(http://seoji.nl.go.kr)와 국가자료공동목록시스템(http://www.nl.go.kr/kolisnet)에서
이용하실 수 있습니다. (CIP제어번호: CIP2019036921)

KOMCA 승인 필.

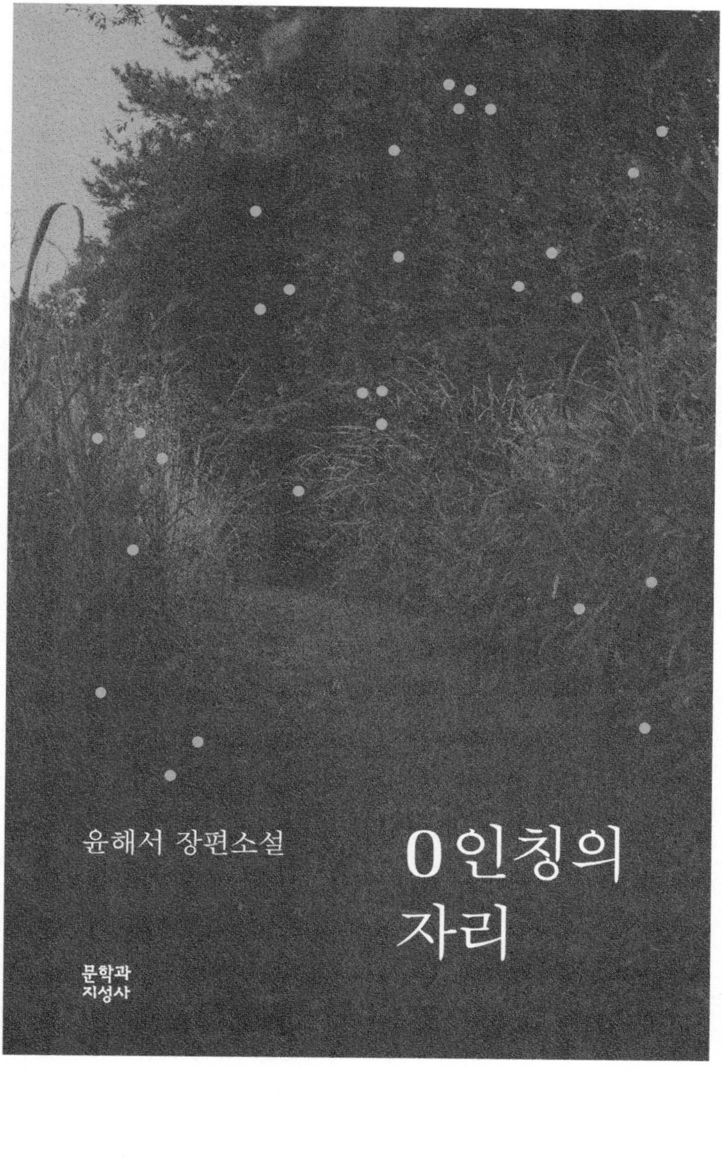
윤해서 장편소설
0인칭의
자리
문학과
지성사

차례

언제나 사람들은 어딘가에 앉아 있었을 것이고,
어쩌다 일어나 서둘러 걷거나 뛰었을 것이고,
그리고 다시 아무렇게나 주저앉기도 했을 테지만.


\*


　사는 게 재밌네. 재미있어 사는 게. 그는 혼잣말을 했다.
그는 카페에 있었고 열흘 전 바로 이 카페에서 보험에 들었
었다. 보험설계사가 보장 내역에 대해 꼼꼼하게 설명할 때
그는 속으로 이 설계사의 연봉은 얼마일까, 이 사람도 보험

을 들었을까, 그런 생각을 했었다. 멀리서 맺히지 않은 열매가 떨어졌다. 한 시절이 끝나듯. 열매 하나가 그의 마음으로 툭, 떨어졌다. 이 열매가 내 안에서 푹푹 썩겠지. 썩어서 거름이 되기도 하겠지. 그런 생각을 한 것은 아니었지만. 그는 커피잔을 앞에 두고 가만히 앉아 있었다. 커피는 천천히 식었고 옆 테이블에 손님이 두어 번 바뀌었고 그의 오른쪽 바지 주머니 속에서 휴대전화가 여러 번 울려댔다. 그는 카페 창밖으로 보이는 4차선 대로를 몇 시간째 바라보고 있었다. 그가 언젠가 갖고 싶었던 검정 세단이 지나갔다. 그가 10년 전부터 타고 있는 SUV와 같은 차가 지나갔다. 배달 오토바이가 지나갔다. 신호가 바뀌었는지 차들이 동시에 멈추어 섰다. 그가 앉은 자리에서 횡단보도는 보이지 않았다. 잠시 후 차례로 늘어서 있던 차들이 동시에 달려갔다. 그는 주머니에서 휴대전화를 꺼내 부재중 전화를 확인했다. 몇 개의 메시지를 읽었다. 박 대리, 박 대리, 박 대리. 번호 패드를 열고 010까지 누르다가 전화기의 오른쪽 측면 위에 있는 전원 버튼을 길게 눌렀다. 휴대전화의 액정 화면이 꺼졌다. 까만 화면에 그의 얼굴이 나타났다. 아주 짧은 순간, 그와 그의 눈이 마주쳤다. 그는 빠르게 시

선을 피했다. 고개를 들어 창밖을 바라보았다. 좌회전 차선
에 깜빡이를 켜고 서 있던 몇 대의 차가 그와 마주한 골목
으로 좌회전 신호를 받아 올라가는 것이 보였다.


\*


*화병의 목록은 꽃 이름만큼 많다.*
*현무암, 화강암, 석회암은 아니다.*


\*


그녀는 6번 출구로 나왔다. 출구 앞에는 영종도에 들어
설 오피스텔 분양 모델하우스가 있다. 지하철 역사에서 바
깥으로 나오자마자 한기에 몸이 저절로 움츠러든다. 열흘
넘게 영하 15도 이하로 떨어지는 한파가 계속되고 있다.
그녀는 검정색 코트를 입고 있는데, 모직이 보온 효과를 거
의 잃은 코트다. 모델하우스 건물을 끼고 코너를 돌면 마을

버스 정류장이 있다. 이틀 전에 내린 눈이 낮은 기온에 녹지 못하고 그대로 얼어서 바닥은 단단하게 다져진 눈길이다. 눈길에 유독 잘 미끄러지는 그녀는 최대한 조심스럽게 걷는다. 한 발, 한 발 내딛는 자신의 발끝만 본다. 느린 걸음으로 몇 걸음 걷지 않았을 때 누군가 앞을 막아선다. 투박한 털실 장갑을 낀 손에 들린 전단지가 그녀의 가슴께로 들어온다. 그녀는 얼떨결에 전단지를 받아 들고 고개를 든다. 털모자를 쓰고 마스크까지 썼지만 얼굴이 꽁꽁 얼어 있는 중년 여자다. 여자의 눈꺼풀이 빨갛다. 여자와 눈이 마주친다. 그녀는 고개 숙여 인사를 하고 가던 길을 향해 한 걸음 내딛는다. 한 번만 들어가줘요. 여자가 그녀의 팔을 붙든다. 저 지금 좀 바빠서요. 그녀가 여자의 언 얼굴을 향해 말한다. 잠깐이면 돼요. 아가씨가 나 한 번 도와준다 생각하고, 나 위해서 한 번만 들어가줘요. 여자가 그녀를 좀더 강하게 붙잡는다. 아, 저는 분양에 관심도 없고요. 너무 추워서 그래. 잠깐 같이 들어갔다가 나와요. 한 번만 도와줘. 어머니뻘인 여자의 부탁을 그녀는 냉정하게 거절하지 못한다. 제가 들어가면 어머니께 도움이 되나요? 그녀가 여자에게 붙들린 채로 엉거주춤하게 서서 묻는다. 지하철이 도착했는지 출구에서 쏟아져 나온 사람들이 그녀와 여자를 지나쳐 간다. 더러 뒤를 돌아보거나 힐끗거리는 사람들도 있다. 그럼, 그럼요. 내가 일비를 받을 수 있잖아. 여자가 말한다. 그녀는 이미 여자에게 이끌려 모델하우스 계단을 올라가고 있다. 여자가 모델하우스 문을 연다. 유리문 안쪽은 완전히 다른 세상이다. 문이 열리자 온기가 쏟아져 나온다. 은은한 노란 조명 아래에서 흰색 벽면과 바닥, 거기 놓여 있는 검정색 가죽 소파가 빛난다. 크지도 작지도 않은 볼륨의 피아노 연주곡이 흘러나온다. 안내 데스크에 서 있던 흰색 유니폼을 입은 젊은 여자가 정중하게 인사를 한다. 어서 오십시오, 고객님, 환영합니다. 가죽으로 만든 실내 슬리퍼를 그녀 앞에 신기 좋게 놓아준다. 그녀는 구두 속에 얼어 있던 발을 꺼내 슬리퍼를 신는다. 실내가 얼마나 따뜻한지 얼었던 손끝과 발끝에 금방 온기가 돌면서 간지럽다. 그녀를 데리고 들어왔던 여자는 안내 데스크의 여자에게 자신의 이름을 말하고 곧 유리문 밖으로, 영하 15도의 거리로 나간다. 안내 데스크의 여자가 그녀에게 이름과 휴대전화 번호를 묻는다. 그녀가 이름과 번호를 적고 있을 때 감색 슈트를 입은 중년 남자가 다가온다. 투자에 관심

11

있으신가 봐요. 그녀는 당황한다. 남자는 능숙하게 그녀를 지도가 펼쳐진 원형 테이블 앞에 앉힌다. 잘 아시겠지만 영종도는 요즘 투자자들 사이에서 뜨거운 곳이에요. 저희 오피스텔은 호텔형으로 초기에 1억만 투자하시면, 임대료 수익을 한 달에 60만 원까지 기대할 수 있습니다. 공항이 가까워서 승무원과 기장 들 사이에서 인기가 좋은 지역인 건 아시죠? 남자는 조금도 서두르는 기색 없이, 그렇지만 수없이 반복해온 듯한 말을 정확하게 전달한다. 직접 살펴보시면서 이야기 나누시죠. 남자의 자연스러운 리드에 그녀는 더 긴장한다. 이 남자가 내가 투자할 생각이 전혀 없이 여기에 들어왔다는 것을 눈치챘다면. 그래서 밖에 있는 아까 그분이 곤란해진다면. 한 번만 도와줘요. 그녀는 중년 여자의 말을 떠올린다. 뭔가 질문이라도 해서 관심을 표현해야 할 것 같다. A형과 B형 둘 다 복층 구조인가요? 그녀는 A형 오피스텔의 복층 계단을 두 칸쯤 올라 유심히 살펴보며 묻는다. 아, 복층은 옵션이에요. 선택하실 수도 있고 원하지 않으면 안 하실 수도 있죠. 젊은 분들은 취향이 다양해서 어떤 분들은 복층을 프라이빗하다고 좋아하고 어떤 분들은 답답하다고 싫어하시더라고요. 남자는 조금 전보다 더 적극적으로 설명하기 시작한다. 실투자금은 얼마인지, 얼마까지 대출이 가능한지, 완공 시기와 입주 시기는 언제인지. 그녀는 그 모든 말을 아주 주의 깊게 듣는다. 아, 1억이요. 생각 좀 해보고 연락드리죠. 마지막으로 남자의 명함을 받고 정중하게 인사를 한다. 끝까지 긴장한 기색을 들키지 않으려고 살짝 웃어 보인다. 모델하우스의 문을 열고 나온다. 참았던 숨을 몰아쉬는 것처럼 긴 한숨을 내쉰다. 차가운 공기가 시원하게 느껴진다.

그녀가 계단을 내려와서 마을버스 정류장을 향해 걸을 때 중년 여자가 그녀를 부른다. 아가씨, 아가씨. 그녀가 뒤를 돌아본다. 여자가 그녀의 손에 빨간색과 주황색이 마구잡이로 섞여 있는 조악한 무늬의 비닐 봉투를 여러 개 들려준다. 핫 팩이에요, 고마워요. 정말. 그녀는 핫 팩을 받아들고, 아니에요, 이렇게 많이 안 주셔도 돼요, 저 정말 괜찮은데, 말한다. 내 마음이니까. 내 마음이에요, 받아줘요. 중년 여자는 빠르게 말하고 서둘러 지하철 출구를 향해 간다. 출구에서 나오는 사람들에게 차례로 전단지를 나누어 준다. 많은 사람이 주머니에 손을 넣고 빠른 걸음으로 여자를 지나쳐 간다. 전단지가 바닥에 떨어진다. 그녀는 그 모습을 오래 보고 있지는 않는다. 핫 팩을 가방에 쏟아 넣고 마을버스 정류장으로 간다. 08번. 마을버스는 7분 뒤 도착이다. 그녀는 7분 동안 어깨를 움츠리고 서서 중년 여자를 생각한다. 하루에 몇 시간이나 밖에 계시는 걸까. 그녀의 얼굴이 빨갛게 얼었을 즈음 버스가 도착한다. 마을버스로 다섯 정거장을 가서 그녀는 한 아파트 단지 앞에 내린다. 대단지들이 마주 보고 있는 대로변을 지나 술집과 밥집이 늘어선 거리에 들어선다. 걸음을 서두른다. 그중 한 고깃집의 문을 밀고 들어간다. 안녕하세요. 온기에 얼굴이 녹는다. 익숙하게 주방으로 향한다. 코트를 벗고 빨간 앞치마를 한다. 주방 바닥에 쪼그려 앉아 고무장갑을 낀다. 오후부터 많은 양의 눈이 올 거라고 했는데. 거품 물속에 담겨 있는 불판을 닦기 시작한다. 몇 시쯤 눈이 오기 시작하려나. 모델하우스 같은 방을 갖는 상상은 하지 않는다. 1억에 대해서도 생각하지 않는다. 눈이 오면. 불판은 넘치게 쌓여 있고 곧 오픈 시간이다. 눈이 너무 많이 오면. 불판을 건져내 바닥에 내려놓는다. 온 힘을 다해 불판을 닦는다. 그녀의 콧등에 땀이 맺혀 있다.

큰눈물버섯이라는 버섯이 있다.

큰눈물버섯은 눈물버섯속이다.

눈물버섯속에는 족제비눈물버섯, 갈색눈물버섯, 다람쥐눈물버섯, 껍질눈물버섯이 있다.

그런데 큰눈물버섯을 잘게 다지면 작은눈물버섯이 되는 걸까. 큰눈물작은버섯이 되는 걸까.

매일 더 잘게 다져지는 것은.

눈물보다 진물에 가까운 땀을 흘리고 있는 것은.

*

그가 후원 입구에 도착했을 때 문화재해설사는 궁에 대한 소개를 하고 있었다. 창덕궁의 후원은 아무나 들어가지 못하는 비밀스러운 정원이라 해서, 비원, 금지된 정원이라

15

해서, 금원이라 불려왔습니다. 그는 조금 취해 있었고 그래서 해설사의 말들이 더 의미 있게 느껴졌다. 그날은 '근로자의 날'이었고 그는 근로자는 아니었다. 쉬는 날을 맞이한 근로자들과 학교에서 단체로 견학을 나온 학생들로 궁은 붐볐다. 그는 일주일 전 신청을 해두었던 후원 가이드 프로그램 시간에 맞춰 도착했다. 아침으로 순댓국밥을 먹으며 소주 반병을 마셨을 뿐인데 아침부터 유독 뜨거운 햇볕 때문인지 술기운이 올랐다. 그는 10시 예약자들의 맨 뒤에서 걸었다. 혼자 온 사람은 그와 외국인 남자 한 명뿐이었다. 여기는 부용정입니다. 임금님께서 바로 이 부용정에 배를 띄워놓고 대신들과 시를 짓다가, 시 짓기에 실패하는 자는 저기 저 작은 정자로 유배를 보내곤 했답니다. 관람객들이 단체로 웃었다. 해설사는 별것 아닌 이야기를 흥미롭게 만드는 재주가 있는 여자였다. 저기 주합루에서 내려다보면 우주와 하나가 되는 것 같은 느낌을 받을 수 있었다고 해요. 우주와 하나가 되는 느낌. 그는 술과 하나가 되어가고 있었고 그래서 해설사에게 어떤 식으로든 시비를 걸고 싶었다. 불로문 앞에 다다랐을 때 해설사가 이 문을 통과하면 늙지 않는다는 말을 했다. 그는 이미 늙었고 대다수의 젊은이가 그를 할아버지라고 불렀으며 그날은 특히 더 술에 취한 더러운 늙은이 취급을 했다. 그는 갑자기 목소리를 높였다. 해설사님, 질문 하나 합시다. 그 불로문으로 누가, 누가 드나들었겠습니까? 사람들은 그를 돌아보지 않았고 해설사는 잠깐 그를 보았으나 아무 대답도 하지 않았다. 그는 조금 전보다 더 큰 목소리로, 질문을 안 하느니만 못해졌군,이라고 말했고 그 자리에 주저앉았다. 불로문으로 드나든 자들은 늙지 않고 죽었다는 건가. 늙기 전에 죽었다는 건가. 그의 주정을 비웃듯. 아스팔트로 포장되지 않은 바닥에서 흙먼지가 날렸다. 사람들은 가이드를 따라 불로문 안쪽으로 이동했고, 그는 바닥에 그대로. 주저앉아 있었다.

*

팔을 쭉 편다.
팔꿈치를 보면 나이를 알 수 있다.
무릎은 보지 않아도 나이를 알려준다.
관절에 물이 차고 부풀어 오르기 전까지

*관절에 대해 생각하는 사람은 없다.*

*지하철역 입구, 5백 미터 앞 주민센터, 눈부신 편의점,*
*굴러다니는 술병들.*
*캄캄한 고속도로.*
*밤사이 부풀어 오른 관절들.*

\*

그는 사람을 죽이고 태연하게 앉아 있었다. 그의 손에는
핏자국 하나 남지 않았다. 그는 새벽 4시경 사람을 밀어서
넘어뜨렸고 그 사람은 머리를 바닥에 세게 부딪쳤다. 그가
그 자리를 떠나고 20분쯤 뒤 길을 지나던 취객들이 넘어져
피 흘리는 사람을 발견하고 구급차를 불러 병원으로 이송
했지만 그 사람은 새벽 4시 45분경 숨을 거두었다. 그는 목
이 말랐다. 집에 4시 30분쯤 들어왔을 것인데 그는 몇 시
에 들어왔는지 기억하지 못했다. 집에 그를 기다리는 가족
은 아무도 없었다. 그는 10년째 기러기 생활 중이었다. 그

의 아내와 두 딸은 멀리 있었고 그는 술에 취하면 늘 그런 것처럼 거실 소파에 아무렇게나 쓰러져 잠들었던 것 같았다. 눈을 떴을 때 전날 출근했던 양복 차림 그대로였다. 그는 주방으로 가서 컵을 하나 들고 정수기에서 물을 받았다. 정수기의 온수와 냉수, 빨강과 파랑 불빛이 어둠 속에서 더 선명하게 빛났다. 불빛이 물에 번지는 것처럼 눈앞에서 흔들렸다. 물을 벌컥, 벌컥 마시고 두 손으로 얼굴을 문질렀다. 너무 많이 마셨어. 그는 혼잣말을 했고 반쯤 풀어져 있는 넥타이를 풀었다. 침실 문을 열고 들어와 침대에 걸터앉았다. 창문에 커튼을 쳐둔 방은 거실보다 훨씬 더 어두웠다. 어둠에 눈이 익을 때까지 그는 가만히 앉아 있었다. 눈을 몇 번 깜빡거렸다. 장롱 문의 무늬가 선명하게 눈에 들어왔다. 그에게 술을 마시고 필름이 끊기는 건 흔한 일이었다. 술이 조금씩 깨면서 드문드문 몇 개의 장면이 생각났다. 그는 방이 완전히 환하게 밝아질 때까지 꼼짝하지 않고 침대에 걸터앉아 있었다.

그의 아내와 아이들은 이제 곧 잠자리에 들 것이다.

*

*눈이 내린다.*
*눈이 내려 쌓인다.*
*쉼 없이 쏟아지는 눈송이들.*
*골목, 골목에.*
*모든 기억의 눈꺼풀 위에.*
*잠잠하라. 잠잠하라.*

*

오랜 시간 뒤에. 그녀가 쓸 수 있는 건 새벽에 대해서도 슬픔에 대해서도 아니고. 가만히 앉아 있던 어떤 사람. 어떤 사람의 뒷모습. 그날 새벽에 그녀가 본 것은 어떤 사람의 뒷모습. 파도는 잔잔했고, 햇살은 좋았고, 벤치 몇 개가 바다를 향해 드문, 드문 놓여 있었어. 자전거 도로에 자전거는 한 대도 지나가지 않았지. 어, 저기, 저기. 사람 아닌가? 옆에 있던 사람이 말해서. 사람? 그녀가 고개를 들어 바다 위를 봤는데. 저 멀리 바다 위에 정말 뭔가가 앉아 있는 것이 보였지. 그것이 분명 새나 배는 아니었고 새나 배가 아니라면 저기 앉아 있는 저것이 무엇인지 옆에 있던 사람이 탐구하기 시작했고. 그녀는 그것이 새이거나 배이거나 사람이거나 아무 상관 없었지. 걷던 길을 계속 걸었고 걷다가 지쳐서 걸어온 방향으로 뒤돌아 걸었고 뒤돌아 걸어오는 길에 다시 바로 그 사람, 바다 위에 앉아 있는 그 사람을 보았어. 저건 바다고, 분명 바다인데. 사람이 앉아 있다니. 그녀가 줄곧 옆에 있던 사람에게 물었는데. 옆에는 아무도 없었지. 머리통이 있고 목이 있고 어깨가 있고 등이 있고 허리가 있고 엉덩이가 있고 그리고 마땅히. 물속에 어떤 방식으로든 앉은 다리도. 사실 다리는 보이지 않았어. 다리까지 보였다면 사람이라고 더 믿기 쉬웠을까. 사람 맞는 거 같은데. 그런데 바다에 사람이 앉아 있을 수 있나. 그녀는 혼잣말을 했다. 그땐 분명 새벽이었고, 그건 분명 꿈이 아니었는데. 바다 한가운데 누군가. 수평선을 바라보고 앉아 있었고. 그런데 옆에 있던 건 사람이었나. 그녀는 벤치에 앉아 수평선과 수평선을 바라보는 한 사람의 뒷모습

을 바라보았다. 그리고 벤치를 손바닥으로 가만히 쓸어보
았는데. 그건 뭐랄까. 쓸 수 있는 건. 그러니까 그건.

*

*새가 앉아 있다.*
*(잠시)*

*새가 앉아 있었다,고 쓴다.*
*(잠시)*

*새는 앉아 있다.*
*계속 같은 새다.*
*(동시에)*

*아주 먼 곳의 다른 새도.*

*

그와 그녀가 만난 것은 베를린의 한 전시장에서였다. 맥주 공장을 개조해서 만든 미술관 벽에 70여 점의 사진이 걸려 있었다. 사진을 찍은 작가는 한국계 독일인으로 독일로 간호사 일을 하러 온 한국인 어머니와 독일인 아버지 사이에서 태어났다. 작가는 덕분에 한국어와 독일어를 자유롭게 구사할 수 있었다. 작가가 태어나서 처음 찍은 사진은 어머니의 얼굴이었는데 미술관 복도에서 상영되고 있는 작가의 인터뷰에 따르면 정확한 나이도 기억나지 않는 어린 시절, 어머니의 눈을 카메라 속에서 마주한 순간, 그가 지금까지 보아온 어머니의 눈빛과 전혀 다른 눈빛을 렌즈 너머에서 발견했다고 했다. 작가는 어머니가 뭔가를 응시하고 있다고 생각했는데 그건 카메라 뒤에 있는 자신의 눈은 분명 아니었고, 사실 그때 작가는 너무 어렸기 때문에 '응시'의 개념도 모르고 있었다고 했다.

물론 분명하게 말할 수 있는 것은 없어요. 어머니가 뭔가를 응시한다고 생각했다는 것은 '응시'의 개념을 안 뒤의 제가 그 시절의 저에게 들려준 이야기일 거예요. 어린 시절의 저는 그 카메라를 통해 분명 뭔가를 보았지만, 그 무엇인가를 기억하고 있었다기보다 그 무엇인가와 마주친 순간의 충격을 기억하고 있었죠. 내가 본 것은 아주 익숙한, 태어나서 그때까지 가장 많이 보아온 사람의 얼굴이었지만 나는 그것 이상의 어떤 것을 보았던 거예요. 그 충격에 이름을 붙이고, 설명을 하고 그 순간의 의미를 해석한 것은 그때의 저는 분명 아니고, 그 어떤 설명도, 의미도 그 순간은 아니죠. 제가 이 자리에서 말할 수 있는 것은 그 순간이 제 삶을 뒤바꿔놓게 된 것이 아닐까 하는 추측일 뿐이에요. 그날 이후에도 물론 저는 전과 다름없이 밝은 아이였어요. 그날부터 사진을 찍게 된 것도 아니고요. 제가 사진을 시작한 것은 그로부터 10년도 더 지난 어느 날이었고, 물론 집에 있던 유일한 카메라였던 그 카메라로 시작한 것도 아니었어요. 저는 휴대전화를 갖게 되었고, 휴대전화에 카메라 기능이 있었기 때문에 자연스럽게 사진을 찍게 되었죠. 제가 그날의 어머니의 눈을 다시 떠올리게 된 건 불과 얼마 전이었어요. 어머니가 세상을 떠났고, 저는 어머니의 유품을 정리하다가 제가 찍었던 바로 그 사진을 어머니의 수첩 사이에서 발견했어요. 저는 그 사진을 보자마자 알았어요. 제가 그 사진을 찍었다는 것을요. 찰칵, 흔들리는 손으로 셔터를 누르던 순간의 떨림이 그대로 전해지는 것을 느낄 수 있었어요. 이번 작업은 그날, 바로 그 순간에 시작되었다고 할 수 있을 거 같아요. 물론 이것도 분명하게 말할 수 있는 일은 아니겠죠. 하지만 그날 제가 40여 년 전에 찍은 그 사진을 본 순간, 저는 어쩌면 평생이 걸릴지 모를 어떤 초상을 그리게 되리라는 것을 알았어요. 이 전시는 그 초상의 어떤 시작일 뿐이에요.

작가는 자신이 사진을 시작하게 된 계기, 이 초상 작업을 시작하게 된 계기를 이렇게 느릿느릿 말했는데 그래서 뭔가 머뭇거리는 느낌을 주었다. 작가는 주로 독일어로 이야기했고, 몇몇 단어는 한국어로 들리기도 했다. 작가의 독일어는 한국어의 영향을 받아 독일인들에게 독특한 문장을 구사한다는 느낌을 주었고, 작가의 한국어는 독일어의 영향을 받아 뭔가 머뭇거리며 고심하는 듯한 인상을 주었다. 영상의 자막은 영어로 나오고 있었다. 그와 그녀는 그 영상이 상영되고 있는 복도를 지나면 코너에서 바로 만나게 되는 전시실에 있었다.

1924 –

1925 –

전시실에 걸려 있는 모든 사진 밑에는 어김없이 이런 제
목들이 붙어 있었다.

1924 – 1950

1925 – 1999

1925 – 2007

그와 그녀는 그 사진들 사이에서 만났다. 그와 그녀에게
작가의 인터뷰는 중요하지 않았고, 그녀는 독일어를 알았
지만, 그는 독일어를 몰랐다. 복도에서 들려오는 작가의 인
터뷰 소리는 멀리서 웅성거리는 바람 소리처럼 그와 그녀,
모두에게 아득하게 들렸다.


1924년에서 1925년 사이에 태어난 사람들을 찾아다녔
어요. 처음에는 제가 그때 살고 있던 베를린, 바로 여기에
서 시작했죠. 1945년 독일은 패망했어요. 인류에 씻을 수
없는 상처를 남기고 독일은 무너졌죠. 당시 베를린, 독일
곳곳의 땅 밑에는 수없이 많은 시신이 묻혀 있었어요. 물

론 저는 1945년에 아직 태어나지 않았죠. 하지만 1945년은 제 어머니가 태어난 해이니 저에게는 제가 태어날 수 있는 가능성 같은 것을 처음 갖게 된 해이기도 해요. 저는 전쟁에 관한 책들을 통해, 아우슈비츠 생존자들의 증언집을 통해 그 무렵의 독일을 어렴풋이 생각할 수 있을 뿐이에요. 제 어머니는 1945년에 서울에서 태어났기 때문에 '해방둥이'라고 불렸다고 해요. 1945년은 한국이 일본으로부터 독립을 한 해이기도 하죠. 1924년과 1925년 사이에 태어난 사람들은 바로 그해에 스무 살이 되었을 거예요. 만약 그 세월을 견디고 살아남았다면 말이에요. 그래서 그들을 찾아다니기 시작했죠. 베를린에서, 그리고 서울에서. 저는 그들을 만나서 그들의 얼굴을 사진에 담았어요. 제가 한 일은 그게 다예요. 이미 세상을 떠난 분들이 대다수였기 때문에 그리 많은 분을 만나지는 못했어요. 물론 제가 만나지 못한 더 많은 분이 계실 거라고 생각해요. 제가 담은 초상은 일부에 불과하죠. 이번 전시에는 비석의 사진이나 무덤의 사진, 나무의 사진들이 섞여 있어요. 그것이 제가 그분들을 찾아갔을 때 남아 있는 그들의 유일한 초상이었으니까요.

그와 그녀는 이런 작가의 목소리가 반복되는 것을 며칠

째 듣고 있었다. 작가의 목소리는 잠깐씩 끊겼다가 이어졌고, 끝이 없을 것처럼 이어지다가 툭 끊어졌다. 15분짜리 인터뷰 영상은 1분 30초의 간격을 두고 반복됐다. 얼마나 많은 관람객이 그 영상을 눈여겨보는지, 작가의 말을 귀 기울여 듣는지, 그와 그녀는 알 수 없었다. 사람들이 팔짱을 끼고 복도에 줄지어 서서 작가의 얼굴을 뚫어지게 바라보는지, 작가가 무슨 말을 저렇게 많이 하는지, 불만에 차서 빠른 걸음으로 복도를 지나치는지 알 수 없었다. 그와 그녀는 서로를 말없이 바라보았다.

그는 1925년 서울에서 태어났으며, 그녀는 1924년 베를린에서 태어났다.

1925-1950

까까머리 젊은 청년의 사진 밑에 이런 제목이 붙어 있다. 그는 머리카락과 똑같이 새까만 눈동자를 지닌 청년이다. 사진 속에 그는 군복을 입고 있으며 이를 악물었는지 다문 입 주변 근육이 긴장되어 있다. 그가 어디에 앉아 있는 것인지 사진에 배경은 보이지 않는다. 이 사진은 작가가 찍은 사진이 아니다. 작가는 그의 아들에게서 이 사진을 건네받

왔다. 그의 아들은 작가의 어머니와 사촌이다.

1924 - 2010

희고 풍성한 머리칼을 가슴까지 늘어뜨린 여자의 사진 밑에 이런 제목이 붙어 있다. 그녀는 갈색 눈동자가 유난히 맑게 빛나는 노인이다. 사진 속에 그녀는 검정색 셔츠에 검정색 정장 바지를 입고 있다. 그녀는 어떤 소파 위에 앉아 있는데 그 소파가 어디에 놓여 있는 것인지는 사진만으로 확인할 수 없다. 이 사진은 작가가 찍은 사진이다. 작가는 그녀와 시간 약속을 정하고, 베를린에서 두어 시간 거리에 있는 그녀의 집으로 찾아갔다. 그녀가 평생 검정색 옷만 입은 이유를 작가는 그녀에게 어렵게 들었지만 전시장에 그 이유를 전시하지는 않았다.

그와 그녀는 제2전시실의 마주 보고 있는 두 벽면에 걸려 있다.

그와 그녀는 정확히 반대편 벽면에 있는 서로의 얼굴을 마주 본다. 그와 그녀의 눈이 전시실의 한가운데에서 부딪친다. 그와 그녀는 웃지 않는다.

제가 어머니의 눈에서 보았던 응시. 저는 그것을 다시 발견하고 싶었던 거 같아요. 그건 말할 수 없는 어떤 것이죠.

그 사진에 남아 있는 어머니의 눈빛만이 그것을 나에게 끊임없이 던질 뿐이에요. 그 눈빛은 두려움과 다르지만 저는 그 눈을 마주할 때마다 일종의 두려움을 느껴요. 거기 없는 어떤 것. 그러니까 그때 어머니가 마주하고 있던 카메라, 카메라 뒤의 제가 아닌, 어떤 것을 어머니는 그 순간 분명히 보았고, 그건 제가 그 순간에 받은 충격과는 무관한 것이었을 거예요. 저는 그것이 무엇인지 알고 싶었어요. 그래서 더 많은 사람이 던지는 눈빛을, 더 많은 사람의 삶을 담고 싶었던 것일지도 몰라요. 어머니의 나라와 아버지의 나라, 나의 나라들을 떠돌아다니며 제가 찾고 싶었던 것은 바로 그날 그 자리, 거기 없던 어떤 것이었겠죠. 하지만 저는 알았어요. 그들을 만나고, 그들의 이야기를 듣고, 찰칵, 찰칵, 끊임없이 셔터를 누르고, 그들의 담을 수 없는 눈빛을 수없이 담으면서. 저는 분명히 알았어요.

그와 그녀가, 여기 있는 그들이 응시하고 있는 것은.

작가의 인터뷰는 여기에서 툭 끊겼다.
1분 30초의 침묵이 미술관의 복도를 가득 채운다.
그와 그녀는 그 순간, 영원히 마주 앉아 있다.

*

　전라남도 해남에서 발견된 익룡의 발자국 화석은 *443*개
이다.

　지구가 전(全) 생을 기억하는 방식.

　약 *2*억*2*천*5*백만 년 전부터 약 *6*천*5*백만 년 사이 어느
날.

　익룡은 해남의 호숫가에서 *7.5*미터를 걸어갔다.

　*1910*년에도, *1945*년에도, *1950*년에도, *1980*년에도,
*1987*년에도.

　익룡의 발자국은.

　그때나 지금이나.

　해남의 호숫가에.

*

그는 반 평 남짓한 구두 수선 컨테이너 안에서 구두 굽

을 갈고 있다. 여름은 덥고, 겨울은 추운, 단열이 전혀 되지 않는 문 달린 이 커다란 상자가 그의 평생직장이다. 그는 30년 동안 같은 시간에 출근해서 같은 시간에 퇴근했다. 그가 간 굽은 만 개. 아니다, 그가 간 굽은 만 개가 넘은지 오래. 그의 일터는 현재 한 정당 앞이다. 이 정당이 이 건물로 들어올 때 그는 떨 듯이 기뻤다. 얼마나 많은 의원님의 굽을 갈게 될까. 그는 왠지 뿌듯한 마음이 들기도 했다. 그는 그 정당의 지지자였고, 그 정당의 정책이 국민들을 위한 것이라고 굳게 믿었다. 그는 그 당사에 드나드는 수많은 사람의 굽을 갈고, 또 갈았다. 닦고 또 닦았다. 직접 그 구두들의 주인을 만나는 일은 거의 없었지만 그는 구두를 보며 그 사람들의 걸음걸이나 걸어 다니는 길들을 상상할 수 있었다. 그는 항상 라디오를 틀어놓고 일했는데, 가끔은 라디오에 그가 굽을 간 구두를 신고 있을 이 당의 의원들이, 보좌관들이 나오기도 했다. 그는 남모를 자부심을 느꼈다. 그는 한 번도 그의 직업을 국회의원이나 국회의원 보좌관 같은 직업보다 못하다고 생각하지 않았다. 그는 다 닳은 굽을 빼내고, 새 굽을 갈아 넣을 때, 더러운 구두에 광을 낼 때, 진심으로 그 구두를 신은 사람이 새 구두를 신은 것처럼 기분 좋은 하루를 보내기를 빌었다. 그의 일이 좋은 나라를 만드는 데 한몫하고 있다는 믿음이 있었다. 그는 오늘도 언제나와 똑같이 기쁜 마음으로 출근했다. 첫 손님은 당사와 마주 보고 있는 증권회사에 다니는 여자였다. 하이힐의 작은 굽이 쉴 새 없이 닳아서 곤란하다는 손님의 푸념을 그는 기분 좋게 들었다. 나 같은 사람 먹고살라고 굽을 점점 더 헐하게 만드나 보죠. 그는 허허 웃었다. 그의 머리칼은 보기 좋게 하얗게 새었고, 평소 잘 웃는 성격인 그의 얼굴에는 기분 좋은 주름이 생겨서, 그는 이제 웃지 않아도 웃고 있는 것처럼 보였다. 첫 손님 이후로 열댓 명의 손님이 구두를 맡기고 갔다. 점심시간이 막 지난 시간, 그는 지금 반평 남짓한 구두 수선 컨테이너 안에서 마지막 굽을 갈고 있다. 그는 이 굽이 이 컨테이너 안에서 가는 마지막 굽이 되리라는 것을 모른다. 모난 것이 못난 거지. 못난 게 별건 가요. 모나게 구는 게 제일 못난 거죠. 그가 지난주에 무심코 했던 말 때문에 그는 30초 뒤에 쫓겨날 것이다. 그가 그 구두의 주인에게 들으라고 한 말은 아니었으나, 그 구두의 주인인 3선 의원이 직접 구두를 신고 와서 구두 굽이 갈아지기를 기다린 것도 아니었으나, 그 의원의 비인간적 갑질에

불만이 가득했던 비서가 그의 말을 의원에게 그가 의원을 향해 한 말인 듯 옮겼고, 의원은 실제로 모난 사람이었기 때문에, 무엇보다 못난 사람이었기 때문에, 그 구두 수선방을 당장 치워버리라고, 흥분해서 몇 통의 전화를 돌렸다. 노발대발. 일주일 만에 구두 수선방은 그 자리에서 밀려나게 됐다. 결정은 됐고, 통보는 곧 될 것이다. 사실 모난 것이 못난 것이라는 말은 그가 입버릇처럼 하는 말이었다. 닳아가는 굽들을 계속 갈고 있다 보니, 매일 닳은 굽들을 쓸어 모아 버리다 보니, 인간은 살면서 닳아지기도 하지만 굽과 달리 닳아져서 둥글어지기도 하고, 둥글어지면서 어른이 되기도 하는 거라는 생각을 하게 되었는데, 모난 부분이 둥글어지는 게 어른이 되는 거라는 자신의 생각이 마음에 들어서 그 뒤로 줄곧 한쪽이 심하게 기울어져 닳은 구두를 보면 그런 말을 했던 것이다. 그는 모난 사람도 못난 사람도 아니었지만 이 말에 괜스레 찔릴 사람들이 많다는 것을 눈치채지는 못한 사람이었다. 아저씨가 사람은 참 좋으신데 눈치가 좀 없으시네. 구두를 맡기고 찾아가는 사람들이 그에 대해 공통적으로 느끼는 바였다. 그는 사람이 너무 좋아서, 다른 사람도 다 좋은 사람인 줄로 믿는 사람이었다.

그는 자신이 왜 그 자리에서 더는 구두 수선을 할 수 없게 되었는지 끝내 모를 것이다. 그는 30초 뒤에 사람들이 그를 찾아와서 하는 말을 그대로 믿을 것이다. 그들이 그럴듯하게 만들어낸 이유를 철석같이 믿을 것이다. 그는 계속해서 같은 정당을 지지할 것이다. 그는 그 3선 의원이 4선 의원이 되는 데 한 표 도울 것이다. 그는 계속 타고난바 그대로, 좋은 사람으로 늙어갈 것이다.

*

*괜히, 포옹, 어쩌면,*
*아마,*
*그냥, (쿵), 무(無),*
*응,*
*아무리 써도 닳지 않는 말들이 있다.*

*

　그녀가 응원하는 팀은 3회 초 현재 4 대 0으로 앞서고 있었고, 지금 막 상대팀 4번 타자는 홈런을 쳤다. 2사 만루 상황이었기 때문에 스코어는 단번에 4 대 4 동점이 되었다. 그녀는 경기장에 입장하고 처음으로 자리에 앉았다. 다리에 힘이 풀렸다. 기차에서 만난 남자였다. 인도의 기차는 더럽기로 유명했고 정확히 유명세만큼 더러웠다. 그녀와 남자는 인도의 기차에서 같은 나라 사람을 만났다는 이유로 반가워하거나 친근하게 굴지 않았고 그래서 기차에서 내릴 때 그녀와 남자는 부담 없이 친구가 되었다. 한 달여의 여행은 적당히 고생스럽게 끝났고 남자와 그녀는 각기 다른 비행기를 타고 같은 날 인천공항에 도착했다. 다음 달 5일, 6시, 잠실야구장에서 만나. 둘은 델리 공항에서 헤어질 때 제법 진지하게 약속했다. 5일은 그들이 인천공항에 도착할 날로부터 2주 뒤였다. 그리고 지금으로부터 한 시간 전. 오후 6시. 여자는 야구장 앞에 서 있었다. 티켓은 각자 구매해서 가지고 있었기 때문에 그녀는 입장했다. 남자에게 문자메시지가 도착했다. 기차를 다시 타고 싶어졌어. 남자는 인천공항에서 문자메시지를 보내왔다. 그녀는 문자메시지에 남아 있는 델리행 비행기 티켓 사진을 확대해보았다. 좋겠다. 답을 보냈고, 5회 말, 그녀가 응원하는 팀의 타자가 타석에 들어섰다. 그는 적시타를 쳤다. 그녀는 벌떡 일어나 환호했다. 응원가를 있는 힘껏 따라 불렀다. 타자의 이름을 연호했다. 남자가 보내온 문자메시지가 적시타였다는 것을 그녀는 몇 년 뒤 알게 될 것이다. 지금 연호하는 타자의 이름을 그녀는 다음번 인도행 비행기에서 듣게 될 것이다. 물론 그녀의 옆자리에 앉은 것이 바로 저 타자는 아니지만. 타자의 이름을 가진 또 다른 타자. 내가 아닌 너. 지금 그녀가 부르고 있는 타자의 이름은 죽을 때까지 그녀가 가장 많이 부를 이름이 될 것이다. 그녀는 아무것도 모른 채 타자의 이름을 연호했다. 타자의 이름, 불러도 대답 없는 타자의 이름, 언젠가 그녀의 것이라고 믿게 될 타자의 이름. 그녀의 전부였다가 그녀에게 전쟁이 될 타자의 이름. 끝이 없을 타자의 이름을.

*

*거의 어디에나*
*빈 의자가 있다.*

*

환멸을 가장 멋있게 견디는 사람을 알고 있다.

나는 그와 함께 살고

그는 아침에 일어나면 제일 먼저 창문을 연다.

너에게 그에 대해 말하려는 것은 아니다.

요 며칠 자꾸 네 생각이 나서 나는 조금 지친다.

네 잘못은 아니라고 너는 항변하고 싶을까.

네 생각이 났다는 것은 잘못된 표현이다.

나는 너를 생각한 적이 없고, 나는 너를 잊은 적이 없다.

너는 그냥 거기 있다.

얼마 전 수영장에서 우연히 누군가를 만났는데, 너도 아는 사람이었다.

나는 그 사람의 벗은 몸을 보았다. 거의 1년 만이었는데.

잘 지내?

묻지 못했다.

그래, 그 사람 때문이라고 해두자.

아니다. 아닌 거 같다.

그보다 일주일 전쯤, 길에서 모르는 여자가 메고 가는 가방을 봤는데.

거기 이런 문장이 있었다.

"세상은 _____으로 가득하다."

세상은, 밑줄, 빈칸.

빈칸을 보면 왠지 채우고 싶어지니까.

그 자리에 주저앉고 싶어지니까.

그래. 그 여자, 그 가방, 그 문장, 그 빈칸 때문이라고 해두자.

그러니 이렇게는, 나를 불러 세우지 말라.

그러니 이렇게는 나를 붙들지 말라.

나는 너를 이런 식으로 두 번 다시 만나고 싶지 않다.

이게 내가 너에게 할 수 있는 모든 말이다.

내가 너에게 하고 싶은 말의 전부다.

안녕.

그는 여기까지 썼다. 쓰기 싫은 책의 리뷰를 이렇게 쓰고, 한글 문서의 창을 닫았다. 죽음을 작위적으로 만드는 책을 그는 견디기 힘들었다. 이야기란 다 작위적인 것이지. 그런 식으로 따지면 너는 왜 드라마 주인공을 따라 그렇게 우는 거냐고. 눈물도 흔한 놈이 별나게 군다고. 그의 룸메이트가 지적했다. 평론을 시작한 게 벌써 몇 년째인데. 왜 유독 활자화된 슬픔을 견디지 못하는 것인지. 그는 알 수 없었다. 자신의 이메일 계정이 있는 포털의 창을 열었다. 리뷰를 보내는 대신 이번 리뷰는 쓰기 힘들 것 같다는 정중한 사과 메일을 썼다. 수신자가 슬픔인 이런 뻔하고 유치한 편지를 전송하는 것보다는 무책임한 사람이 되는 편이 나았다. 무책임하게 전송 버튼을 누르고, 인터넷 연결을 끊고, 노트북의 전원을 껐다. 리뷰를 쓰기 위해 읽었던 책을 도서관 책상 위에 그대로 올려놓고 자리에서 일어섰다. 앞자리에 앉아 수학 문제를 풀던 학생이 그를 따라 나왔다.

저, 책 두고 가셨는데요.

그는 고개를 옆으로 까닥, 하고 돌아섰다.

어, 아까 보던 책인데.

학생이 중얼거리는 소리가 들렸다.

말없이 도서관 밖으로 나와 정문에서 가장 가까운 벤치에 앉았다. 햇살이 좋은 날이었다. 소설의 주인공은 왜 하필 이런 날 죽었을까.

그는 조금 울었다.

\*

*구름은 하늘에.*

\*

그는 어제 여든네 살이 되었다.

여든네 살,에도 아침은 다름없이 도착했다.

그는 소파에 앉아 TV를 켰다.

그는 정확히, 그저 익숙한 습관 속에.
오래된 자신의 고독 속에 앉아 있다.


\*


*너의 사정과 무관하게*
*너는 아무 때나 밤이나.*
*아침은 무조건 도착한다.*
*어젯밤, 몇 명이 태어나고 몇 명이 죽었든*
*무력한 무참(無慘).*


\*


길가에 붉은색 고무 대야가 나와 있다. 그녀가 어릴 때
그녀의 할머니는 그것을 다라이라고 불렀고 그 다라이에
물을 받아 거의 모든 것을 그 다라이에 담가 씻었다. 그녀
의 몸도 할머니의 몸도 그 고무 대야 속에서 불었다. 그녀

를 씻기고 나면 할머니가 들어가 씻었다. 그러므로 빨간 고
무 대야는 그녀의 욕조. 그녀는 욕조를 훤한 대낮 아스팔
트 도로에 내어놓고, 식당 주방 수도꼭지에 파란색 고무 호
스를 연결해 물을 받는다. 욕조에 상추를, 끝도 없는 상추
를 던져 넣다 말고 그녀는 욕조 앞에 쪼그려 앉는다. 상추
를 한 장씩 들고 흔든다. 상추가 이리저리 물살에 흔들린
다. 그녀는 상추가 찢어지지 않도록 손끝에 주의를 기울이
고 있다. 새빨간 바구니에 상추의 물기를 탈탈 털어 던져놓
는다. 상추가 하나, 둘, 욕조에서 바구니로 옮겨 담기는 동
안 그녀는 아무 생각도 하지 않는다. 할머니나, 고무 대야,
어릴 적 뛰어 놀던 골목, 엄마를 기다리던 밤, 캄캄한 화장
실 어떤 것도 생각하지 않는다. 오직 상추만 생각한다. 아
줌마, 여기 계산해드려요. 사장이 그녀를 부른다. 그녀는
요 몇 해 사이 쪼그려 앉거나 일어설 때면 저절로 새어 나
오기 시작한, 자신의 입에서 나오는 신음 소리를 마치 다른
사람의 소리인 양 들으며 두 무릎을 짚고 일어선다. 욕조에
상추가 가득. 물은 계속 넘치고 있다.

*

*적막은 꿈.*

*

  그녀는 마지막 꽃잎을 그려 넣었다. 꽃잎은 희고 작아서
언뜻 보면 눈송이나 꽃씨 같았지만 그것은 암술과 수술이
있는 흰 꽃의 다섯번째 꽃잎이 분명했다. 빨간 바탕에 흰
꽃은 자칫 촌스럽거나 너무 눈에 띌 수 있는데 괜찮으시겠
어요? 그녀는 30분 전 그녀 앞에 앉은 남자 손님에게 말했
다. 삼십대 후반으로 보이는 남자 손님은 괜찮다고, 상관없
다고 양쪽 엄지손톱에 빨간색 매니큐어를 칠하고 흰 꽃을
그려 넣어달라고 말했다. 여자친구에게 보여줄 거라고. 꽃
을 선물할 거라고. 여자친구가 흰 꽃을 좋아한다고. 그녀는
나이에 어울리지 않는 남자의 장난기와 천진함이 사랑스
럽다고까지 생각했다. 이런 남자의 여자친구는 어떤 사람

44

일까. 그녀가 마지막 꽃잎을 그려 넣으며 잠깐 생각했던가. 급발진 고장을 일으킨 차량이 인도를 넘어 네일숍 안으로 돌진했다. 숍 안에는 그녀와 남자 둘뿐이었다. 남자는 그녀의 마지막 손님이 되었다. 그녀와 남자는 즉사했다. 남자의 새빨간 손톱에 번진 흰 꽃잎을 붙잡고 남자의 노모는 영안실 바닥에 주저앉았다.

\*

*길가에 쓰레기봉투.*

\*

사막에 어린 왕자가 앉아 있다.
별은 몇 억 광년 전에.
그런데 여우는 어디로 갔을까.

*

아름다움 아웅다웅 아름다움 아웅다웅
둘은 서로 닮았고, 둘은 서로 다르고.
모든 해피 엔딩에는 사랑이 있지.
아웅다웅 아웅다웅
가족의 사랑을 주제로 한 서사는 죽도록 반복되었고 원
수를 사랑하라는 경구는 수없이 재해석되었으며 사랑만이
사람을 구원할 것이라는 판타지는 인류의 역사와 함께 해
마다 견고해졌다.
아름다움 아웅다웅
아무도 사랑하지 않아서.
아웅다웅 아름다움 아웅다웅 아름다움
해가 간다.
아름다움 아웅다웅 아웅다웅 아름다움
모두가 사랑해.
비슷한 말을 반복한다.
열둘, 스물하나, 마흔넷, 예순다섯, 여든여덟, 아흔아홉.

*아름다움 아옹다옹 아름다움 아옹다옹*
*죽어도 내가 가져보지 못할 나이가 있고 다시는 내 나이*
*가 되지 못할 나이가 있고*
*아옹다옹 아름다움 아옹다옹 아름다움,*

*주머니 속 두 개의*
*호두알 같은.*

\*

이모, 근데요, 주리가요. 다섯 살 조카의 말에 그녀는 하던 말을 멈추고 조카의 얼굴을 본다. 웅? 그녀의 조카는 누가 말하기 시작하면 그게 누구든, 그 누구의 입을 막고, 자기가 말하고야 만다. 바로 이 아이의 엄마인, 그녀 언니의 생일잔치로 한 상에 둘러앉은 가족 모두 아이의 얼굴을 사랑스러운 눈으로 바라본다. 주리가요, 다른 친구들이랑 더 많이 논다고요, 저가요. 나는 다른 친구들이랑도 놀고 싶은데, 내가 다른 친구들이랑 많이 놀아서 자기는 슬프대요.

뭐어? 그녀는 소리 내어 크게 웃는다. 나린이가 인기가 많구나. 그녀는 아이의 작은 입에서 나오는 말들이 너무 사랑스러워서 아이의 얼굴을 두 손으로 몇 번이나 쓰다듬는다. 네, 인기 많아요. 너, 다섯 살인데 벌써 인기도 알아? 그녀는 조카와 이야기하는 동안 연신 감탄하고, 흥분한다. 언니, 얘가 인기도 안다. 인기도 안대. 그녀의 말에, 쟤가 그래서 시건방이 하늘을 찔러. 얼마나 건방진지 몰라. 아이의 아빠인 그녀의 형부가 말하며 웃는다. 아이를 바라보는 그의 눈에도 사랑이 넘친다. 근데요, 이모, 저는요, 다른 친구들하고 더 놀고 싶은데요. 그녀는 아이가 태어난 지 4년 만에 벌써 자기가 누구와 놀고 싶은지 안다는 것에 새삼 놀라지 않지만, 아이가 자신의 감정을 있는 그대로 솔직하게 말하는 것에 묘한 감동을 받는다. 그럼, 그렇게 해. 나린이 하고 싶은 대로 해. 그녀는 조카에게 착해지라고 말하지 않는다. 그런데, 그럼, 주리가 슬프잖아요. 다섯 살 난 아이가 시무룩하게 앉아 있다.

*

*타일에 금이 가 있다.*

*

　그녀는 벽을 향해 앉아 있다. 그녀가 벽을 향해 앉은 지 오늘로 꼬박 일주일이 지났다. 그녀는 아무 말도 하지 않고 벽을 향해 정좌하고 있다. 그녀가 머리를 깎은 것은 3년 전이었다. 처음 스님이 되겠다고 집을 떠날 때 그녀의 어머니는 울었다. 그녀는 태어날 때부터 이런 딸을 두어서 좋겠다는 말을 수도 없이 듣게 한 딸이었다. 키우는 내내 내심 자랑스러웠던 딸이 서른이 넘어서까지 연애 한번 제대로 하지 않을 때에도 그녀의 어머니는 그녀가 스님이 될 것이라고는 상상도 하지 못했다. 그녀의 외가와 친가는 모두 기독교였고, 그녀가 교회에 다닌 것은 아니었지만 그렇다고 절에 다니거나 불교에 관심을 보인 적도 없었기 때문에 스님이 되겠다는 그녀의 선언은 그녀의 어머니는 물론 외가와 친가의 모든 친척에게 큰 충격을 주었다. 그녀는 그 뒤로 3년을 꼬박 이 절에서 지내며 단 한 번도 절 문을 나서지 않았고, 가족들 중 누구도 그녀를 찾아오지 않았다. 그녀는 이를 악물고 3년을 버텼다. 여승들만 있는 절에서 매일 묵묵히 밥을 하고 빨래를 하고 밭을 일구고, 힘이 필요한 모든 일을 도맡아 했다. 먼저 출가한 스님들을 모시면서 매 순간 그녀가 여기에서 찾으려고 했던 것이 무엇인지 생각했다. 그녀는 이번 묵언 수행에 들기 전 주지 스님이 주셨던 가르침을 기억하고 있었다. 무엇을 찾으려 하지 말고, 무엇도 찾을 것이 없다는 것을 깨달으세요. 무엇을 생각하려 하지 말고, 아무 생각도 들 자리가 없게, 생각하는 나마저도 잊으세요. 스님은 말씀하셨다. 그녀는 입을 다물고 벽을 보고 앉아 그녀의 어머니를 떠올렸다. 그녀를 낳고, 키우고, 그녀의 동생들을 낳고, 키우고, 그렇게 3남매를 키우면서 그녀의 어머니는 엄마 자신을 이미 내려놓은 것이 아니었을까. 그녀는 아무 생각도 하지 않으려고 노력했지만 3년 동안 애써 외면하려 했던 엄마, 한 여자, 한 인간으로서의 어머니의 삶에 대해 점점 더 골몰하게 되었다. 머릿속에서 끝도 없이 많은 말이 쏟아져 나왔다. 입을 꽉 다물고 있었기 때문에 밖으로 한마디도 나오지 못한 그 말들에 그녀는 완전히 파묻혔다. 어렸을 때부터 그녀가 보아온, 그녀가 기억하는 모든 어머니가 그녀를 둘러쌌다.

그녀는 한순간 벽에서 진짜 어머니를 보았다.

정좌를 풀고 일어섰다.


*


속도제한
일방통행
강풍 주의
당구장
세무서
생선구이
표지판과 간판이 있다.
표지판과 간판이 없는 곳에도 어디에나
길이 있다.

*

단식 투쟁을 하던 그가 공장 옥상에서 투신한 것은 이틀 전이었다. 그의 단식은 45일째 이어지고 있었고 사측은 아무런 답변도 내놓지 않고 있었다. 침묵과 무시. 45일 전, 그는 부당 해고를 당한 같은 부서 동료의 죽음에 충격을 받았다. 동료는 48일 전 부당 해고를 당했고 그보다 앞서 몇 달 전 백혈병 진단을 받았다. 질병의 원인은 밝혀지지 않았고, 동료와 함께 부당 해고를 당한 사람들 중 열일곱 명이 그의 동료와 비슷한 시기에 백혈병 진단을 받았다. 그들은 모두 같은 공장에서 20년 넘게 일한 사람들이었다. 십대 후반부터 일하기 시작해 이제 곧 마흔을 앞둔 사람들. 그는 근무한 지 10년이 넘지 않았고 아직 아무 병에도 걸리지 않았으며 부당 해고를 당하지도 않았다. 너도 조심해. 동료가 이렇게 말했을 때 그는 재수가 없다고 생각했다. 동료는 운이 나빴고, 복이 더럽게 없어서 발병한 것이다. 이건 죽으라는 거지. 그냥 나가서 뒈지라는 거야. 동료가 공장을 떠나며 말했을 때 그는 이 복잡하고 불편한 상황이 되도록 빨리 정리되기를 바랐다. 동료는 해고당했고, 해고는 어느 직장에서나 쉽게 일어나는 일이고, 누군가는 당해야 하는 일이었다. 다 팔자소관. 그게 다 네 팔자지. 각자 팔자대로 사는 법. 그의 동료는 공장을 떠난 지 정확히 사흘 만에 목을 맨 채 발견됐다. 동료에게는 고등학생 딸이 둘 있었고, 아내는 지병으로 병원에 입원해 있는 상태였다. 동료를 발견한 것은 학교에서 먼저 돌아온 막내딸이라고 했다. 그는 동료의 장례식장에서 그 아이를 보았다. 어떤 결심을 한 것은 아니었지만 아무것도 삼킬 수 없었다. 그렇게 그는 굶기 시작했다. 처음에는 본사 정문 앞에 서 있었고, 그 자리에서 쫓겨나자 본사 정문 길 건너편에 서 있었다. 그는 45일째 되는 날 아침, 공장 옥상으로 올라갔다. 무슨 힘으로 거기까지 올라갈 수 있었는지 아무도 알지 못했다. 그는 그날 아침 공장 옥상 난간에 걸터앉아 있었다. 공장에 출근하던 사람들 몇이 그를 발견했다. 한때 그의 동료들이었으며, 그가 단식하는 동안 그의 곁에 영양제를 들고 찾아와 주었던 사람들도 섞여 있었다. 웃고 있는 거야? 지금 웃고 있는 거 같은데? 난간에 앉아 있는 그를 보고 사람들이 웅성거리기 시작했고, 그때

*

*지나간 계절처럼.*

*잊힌 소문처럼.*

*열린 창문처럼.*

*길가 벤치에, 보이지 않는 누군가 앉아 있다.*

*더러 누군가. 그 옆에 앉기도 한다.*

*길을 지나던 등이 굽은 노인이 숨을 길게 내쉬며 잠시,*

*포개어, 안기기도.*

*

쿵탱 메이야수는 말했다.

"시간은 가능한 것이 사라지게 하는 바로 그 순간에 가능한 것을 창조하며, 실재를 낳듯이 가능한 것을 낳으며, 주사위를 던지는 것 자체 속에 자신을 끼워 넣어 원리적으로는 전혀 예견할 수 없으며 잠재태들의 고정성을 깨는 일곱번째 사례를 낳는다."

　그는 메이야수가 한 이 말을 노트에 옮겨 적고 있다. 그는 자신이 바로 그 일곱번째 사례로 태어났다는 것을 어렴풋이 알 것 같았다. 이런 것을, 그 일곱번째 사례를 메이야수는 기적이라고 불렀고, 그러므로 기적은 신이 없다는 증거라고 했다. 아직 그는 거기까지 알지 못했다. 그는 기적적으로 태어났고, 그를 세상에 끼워 넣고 바로 그 순간 그의 어머니는 세상을 떠났다. 그 사고에서 그가 살아남은 것은 기적이라고 했다. 기적처럼 태어난 것과 무관하게. 그는 그가 아직 살아 있다는 것이 기적처럼, 전혀 불가능한 일처럼 느껴졌다. 기적과 저주는 어떻게 다른가. 12시 정각. 시곗바늘은 어김없이 눈금을 벗어나는데. 가차 없이. 그는 지금 막 그의 낡은 앉은뱅이책상 앞에서 스물다섯번째 생일을 스물다섯번째 홀로 맞이했다.

*

　"멕시코 유카탄 반도의 해안을 따라 있는 맹그로브 습지

대는 새들의 낙원이다."

오래전 새의 해 특집 기사가 실린 과학 잡지 43쪽에 이런 문장이 있다.

그런데 천국은 어디 있는 걸까?

이런 문장은 어디에도 어울리지 않는다.

적어도 지금, 여기 한반도의 해안에서는 그렇다.

*

슬픈 영화도 아닌데 누군가 계속 훌쩍거려서 그녀는 영화에 집중할 수가 없었다. 이들 중 누가 울고 있는 것일까. 그녀는 불이 꺼지기 전 극장 안에 있던 사람들을 떠올렸다. 열 명이 조금 넘는 사람이 드문드문 떨어져 앉아 있었는데 특이한 인상착의의 사람은 없었다. 울려고. 울고 싶어서. 극장에 숨어든 것처럼 보이는 사람은 분명 없었다. 이 영화는 천만이 사랑하는 류의 영화는 아니었고 그렇다고 특별히 예술성이 뛰어난 영화도 아니었다. 그녀의 경우, 2년째 만나고 있는 애인과 만나서 딱히 할 일이 없었기 때문에 보게 된 영화였다. 좌석이 많이 남아 있었고 밖의 찌는 듯한 날씨를 피하기 적절하게 극장은 시원했다. 감정 소모가 큰 영화를 싫어하는 애인이 정한 영화였으므로 그녀는 무방비 상태로 극장의 암전을 맞이했다. 불이 꺼지고, 영화가 시작됐다. 영화는 재미도, 감동도 없었지만 그렇다고 나쁘지도 않은, 굳이 따지자면 괜찮은 쪽에 속하는 영화였다. 영화가 시작되고 30분쯤 지났을까 누군가 울기 시작했다. 처음에는 흐느껴 우는 소리여서 집중해서 들어야만 들렸지만 시간이 지날수록 울음소리는 커져서 이제 극장 안에 있는 거의 모든 사람이 숨죽여 그 울음소리를 듣고 있었다. 울고 있는 그 사람이 편히 울 수 있도록. 그녀는 영화에도, 그녀 옆에 앉아 있는 애인에게도 집중할 수 없었고. 오직 울고 있는 그 사람이 누구인지 알고 싶었다. 누가 울고 있는 것인가. 당신은 누구인가. 어둠 속에 없는 누군가. 여기 없는 누가, 왜 울고 있는가.

*

야호,

야호,

돌아오지 않는 메아리도 있다.

*

그는 다리를 좌우로 떨었다. 그는 쉬지 않고 다리를 좌우
로 흔들며 앉아 있었다. 문제가 잘 풀리지 않는지, 아, 모르
겠다. 모르겠어. 정말 모르겠다. 혼잣말을 계속하면서. 다
리를 쩍 벌렸다가 오므리기를 반복하면서. 그는 카페에 앉
아서 공무원 시험 대비 문제집을 풀었다. 그가 남자인지 여
자인지 확실치 않은데. 맞은편에 앉아 있는 여자의 눈에 그
의 다리가 쩍 벌어졌다가 오므려지는 것이 5초에 한 번씩
보였다. 그가 받침이 연결되어 있는 긴 벤치형 자리에 앉아
있었기 때문에 옆자리에 앉아 있는 남자는 자기가 다리를

흔들고 있는 기분이 들었다. 문제집에는 그가 정말 모르겠는 문제만 계속 나왔고 그는 더 격렬하게 다리를 벌렸다 오므렸다. 벌렸다 오므렸다. 그가 남자이든, 여자이든. 그러므로 셋은 각자 조금씩 다른 이유로 조금씩 더, 조금도 더는 참을 수 없어졌다.

*

먼지는 한동안 혼자 앉아 있다.
아무의 눈에도 띄지 않는다.
어느 날 수억만 개의 먼지가 한꺼번에 날아온다.
모두의 눈을 가린다. 입을 막는다.
자욱하다. 자욱한 시간이 따끔, 따끔, 더디게 지나간다.
가득한 먼지 속에 먼지가.
먼지 속에 사람들이 떠밀려 다닌다.

*

그는 모텔 침대 위에 앉아 있었다. 남자를 모텔에서 기다리기는 처음이었다. 그는 어젯밤 모텔의 이름과 위치, 호수가 적힌 문자메시지를 받았고 처음 와보는 경기도 외곽의 어느 전철역에 내렸으며 문자메시지에 적힌 이름의 모텔을 찾아 현금을 지불하고 들어왔다. 그가 방에 도착하고 얼마 지나지 않아 남자는 문자메시지로 한 시간쯤 뒤에 자신이 도착할 것이라고 알려왔다. 그는 침대에 걸터앉았다. 침대 말고는 딱히 앉을 만한 의자 하나 없는 좁은 모텔 방이었다. 그는 모텔 벽지에 그려져 있는 커다란 꽃무늬에 시선을 고정하고 팔짱을 끼고 앉아 있었다. 최대한 눈을 깜빡이지 않으려고 노력했다. 눈싸움을 하고 있는 것처럼 눈을 깜빡이지 않는 것에만 온 신경을 집중하고 있었다. 그가 노란색 꽃술을 뚫어지게 보고 있을 때, 누군가, 사람의 발소리가 복도 끝에 나타났다. 그는 침을 삼켰다. 눈을 깜빡였다. 오랫동안 부릅뜨고 있던 그의 눈에서 눈물 한 방울이 툭, 떨어져 흘렀다. 발소리는 그가 있는 방 쪽으로 천천히 다가

왔다. 그는 꼼짝하지 않고 앉아 있었다.

다음 날 아침, 두 남자는 나란히 약을 나누어 먹고 죽은 채 발견될 것이다.

\*

*개가 앉아 있다.*
*한 마리, 두 마리,*
*다섯 마리, 열 마리, 천 마리, 만 마리, 천만 마리,*
*개의 눈빛.*
*개의 눈이 그렁그렁하다.*

\*

유한을 초월하려는 태도가 인간을 오히려 유한에 붙들어 놓지 않았나, 그런 생각을 합니다. 유한을 초월하는 한 방식으로 끊임없이 유한에 돌아오기. 그것이 서양철학이 나

야간 길이 아닌가 합니다. 강사는 화이트보드 앞에 서 있었고 문화원에 철학 수업을 들으러 온 학생은 그녀를 포함해서 스무 명 남짓이었다. 그녀는 맨 뒷자리에 앉아서 강사의 젊은 얼굴을 보았다. 강사는 진심으로 그렇게 생각하는 것 같았다. 유한을 초월하려는 태도가 인간을 유한에 붙들었다. 유한에 붙들리지 않는다면, 인간은 어떻게 살 수 있을까. 그녀는 자신이 지불한 7주의 수강료를 생각했다. 무엇을 기대하고 이 수업을 신청하고, 여기까지 와서 앉아 있는 걸까. 그들이 영원에 다가가는 한 방식이 과학이었던 것처럼 말입니다. 그녀가 자신의 선택에 의아해하고 있을 때 강사가 덧붙여 말했다. 그녀는 삶의 모든 순간에 현실을 중심으로 선택했다. 언제나 더 현실적인 선택.

사실 직장 근처에 이 문화원이 있는 것을 알고 바로, 조금은 부담스러울 수 있는 주 3회 저녁 7시, 이 수업을 신청한 것은 회식을 피해보자는 의도였다. 결혼을 하지 않은 삼십대 초반의 그녀가 회식을 피할 수 있는 핑계는 거의 없었다. 부서의 부장이 바뀌고 회식은 시도 때도 없이 이어졌다. 그녀는 직장을 옮긴 지 2년이 채 못 되었고 또다시 구직과 퇴사와 입사를 반복하기에는 충분히 지쳐 있었다. 그

녀에게 필요한 것은 돈과 휴식. 그것이 전부였다. 그녀에게
는 초월하고 싶은 것이 없었다. 무엇도 그녀를 붙들고 있지
않았고 그녀는 오히려 무엇엔가 붙들리고 싶은 것도 같았
다. 그녀는 어떤 것에도 골몰하지 않았다. 골똘하게 생각하
는 것은 위험한 일이라는 것을 아주 어렸을 때부터 본능적
으로 알았다. 저 강사는, 여기 있는 사람들은 굳이, 무슨 이
야기를 하고 싶은 걸까. 굳이, 뭘 알고 싶은 걸까. 그녀는 어
떤 깨달음도 자기가 처해 있는 삶으로, 자신의 처지로, 자기
자신으로 돌아온다고 생각했다. 모든 앎은 '굳이'다. 모든 무
지가 그런 것처럼. 결국 인간은 나를 초월하는 한 방식으로
'나'로 돌아오는 것이 아닐까. '나'를 초월하려는 태도가 인
간을 오히려 '나'에 붙들어놓지 않나. 그녀는 생각했다. 바
로 그 순간, 그녀는. 그녀가 살면서 한 번도 한 적이 없는 생
각을 하기 시작했다는 것을 알지 못했다.


*


*잘린 나무의 밑동이다.*

*나무가 잘리고, 비가 오고, 해가 지고,*
*계절이 바뀌고, 새가 울고,*
*이끼가 끼고, 개미가 집을 짓고,*
*등산로가 생기고,*
*사람들이 길을 잃고,*

*그러고도 밑동은 얼마나 거기 남아.*

*

산속에 구슬픈 노래가 울려 퍼진다. 사람이 들을까 무섭다. 무당이 혼을 부르는 노래. 산길을 지나던 사람이 듣는다면. 대낮에도 슬픔에 길을 잃고 헤매게 될까. 혼을 맞이하는 노래. 무당이 혼을 부르는 노래가 온종일 무당네 마당에 가득하다. 가득한 슬픔. 에 에 에 야 아.

깊은 밤, 산자락에, 마당 한구석에, 혼이 앉아 있다.

산 아닌, 마당 없는, 아파트 담벼락이나 빌딩 창가에도.

무당은 잠들어 있고,

혼은 침묵 속에 있다.

\*

*누군가의 영혼이 내 몸을 지나고 있다.*
*그러한가.*
*내 영혼이 누군가의 몸을 통과하는 중이다.*
*그러한가.*

\*

그해 반딧불이 축제는 6월 1일에 시작되었다. 숲을 한
시간가량 걸으면서 반딧불이를 체험하는 축제,라고 안내문
에 적혀 있었다. 인터넷 예약은 안 받는대. 선착순 마감이
라는데 못 보면 너무 아쉬울 거 같아. 영무의 애인은 서울
에서 출발하기 전부터 조바심을 냈다. 금가루를 뿌려놓은
거 같대. 크리스마스트리의 작은 전구들 같다는대. 너무 환

상적이지 않아? 애인은 지난해 반딧불이 축제에 다녀온 사람들의 SNS와 블로그를 통해 얻은 반딧불이 축제에 대한 정보와 감상을 끝없이 쏟아냈다. 반딧불이들의 짝짓기를 줄지어 서서 돈을 내고 봐야 하다니. 영무는 헛웃음이 나왔지만 애인의 기대를 깨고 싶지 않았다. 영무에게 반딧불이는 오래 기억에 남은 하룻밤과 같은 것이었다. 지금은 몇 해 전인지 기억도 나지 않는 어느 해 여름 영무는 호숫가에 있었다.

여행지에서 바이크를 렌털한 것은 그해가 처음이었다. 바이크를 타고 여러 도시를 넘어 다니다가 우연히 들른 호수였다. 좁은 비포장도로를 따라 한참을 들어가면 나오는 아늑한 마을 중심에 있던 호수. 작은 마을은 1년 내내 눈이 녹지 않는 산들로 둘러싸여 있었다. 영무는 거기에서 난생처음 반딧불이를 보았다. 어둠이 내려앉고 반딧불이들이 날아다니기 시작했을 때 영무는 눈을 의심했다. 완전히 새까만 어둠 속에서 반짝, 나타났다 사라지는 반딧불이가 마치 이 세상의 것이 아닌 것 같아서 영무는 잠깐 여기서 죽는다면. 그런 생각을 했다. 그 빛은 영혼도 삶도 아닌 어떤 것 같았다. 반짝, 어둠. 반딧불이는 어둠 속에서 반짝, 순간 빛을 발하고 곧장 몸을 지웠다. 반딧불이가 거기 있다는 것을 오직 찰나의 빛으로만 가늠할 수 있었다. 저기 가만히 반짝이는 빛은 암컷이에요. 여기 깜빡, 깜빡 날아다니는 빛은 수컷들이고요. 영무가 반딧불이의 빛과 빛이 사라진 찰나 사이에서 거의 죽음에 가까워졌다고 느꼈을 때 누군가 말을 걸어왔다. 영무는 어둠 속에서 누군가 갑자기 나타났다는 것보다 들려온 말소리가 한국어라는 사실에 더 놀랐다. 여행객이 찾지 않는 외진 마을이었기 때문에 영무는 그 마을에서 다른 관광객을 만날 것이라고는 상상도 하지 못했다. 차 한 대 드나들기에도 좁은 길 끝에 숨어 있는 마을이라 영무도 바이크를 빌리지 않았다면 이 마을에 들어올 생각을 하지 않았을 것이었다. 사랑하자고 저렇게 예쁜 빛을 내다니. 사람도 사랑할 때 저런 빛을 낼 수 있다면 좋겠다. 그쵸? 남자가 말간 얼굴로 물었다. 영무는 어둠 속에서 갑자기 남자의 표정이 너무 선명하게 보여서 한 번 더 놀랐다. 여긴 어떻게. 이런 말이었나. 아, 그런데 여긴 혼자? 이런 말이었나. 영무는 이 순간을 떠올릴 때면 언제나 자신이 좀 멍청하게 대답했다고 생각했고 그래서 웃음이 나왔다. 놀라움을 감추기에 남자가 나타난 것은 너무 순식간이었고 그사이에도 반딧불이들은 끊임없이 반짝거렸다. 이제 눈앞은 온통 반딧불이어서 호수는, 작은 마을은 금빛 안개 속에 잠긴 거 같았다. 반딧불이를 보러 왔어요? 영무의 질문이 무엇이었는지 정확하지 않지만 남자가 영무의 질문에 질문으로 대답했다. 아뇨, 우연히. 영무는 자연스럽게 남자의 뒤를 따라 걷기 시작했다. 남자는 호숫가를 따라 걷다가 작은 돌계단 몇 개를 올랐고 계단 몇 개를 오르자 야트막한 언덕으로 이어지는 좁은 길이 나왔는데 그쪽으로 계속 걸었다. 영무는 자신이 왜 남자의 뒤를 따라 걷고 있는지 알 수 없었고 남자는 뒤를 돌아보지 않았다. 나무들이 우거진 쪽으로 들어서자 반딧불이들은 더 많이 더 한꺼번에 반짝거렸다. 반짝이는 빛으로 자욱한 숲에서 남자가 발걸음을 멈췄다. 영무는 조금 거리를 두고 따라가고 있었기 때문에 영무를 향해 돌아서는 남자를 몇 걸음 뒤에서 바라보았다. 남자가 천천히 영무에게 다가왔고 영무는 그날 처음으로 지붕이 없는 곳에서 섹스를 했다. 미지근한 바람이 불었다. 반딧불이들의 짝짓기는 새벽까지 계속 됐고, 남자는 동이 틀 때쯤 말없이 돌계단을 내려가 사라졌다.

아침에 눈을 떴을 때 영무는 그 마을 초입에 있는, 마을에서 제일 큰 건물에 있었다. 여기 어디지. 영무는 눈을 뜨자마자 생각했고 밖으로 뛰쳐나와 바이크를 확인했다. 바이크는 영무가 전날 오후 도착해서 세워둔 그대로 그 건물 앞에 있었다. 영무는 마을에 도착하자마자 건물 주인에게 얼마쯤의 돈을 내고, 하룻밤 숙소로 사용할 수 있는 방을 빌렸었다. 그뿐이었다. 이미 해는 맨눈으로 바라볼 수 없을 만큼 높이 떠서 빛나고 있었고 호수는 고요했다. 반딧불이들은 보이지 않았다. 무수히 많은 반딧불이가 숲을 기고 있을 것이다. 영무는 호수의 반대쪽 끝 작은 돌계단들을 보았다. 어젯밤 올랐던 돌계단이 분명했다. 야트막한 언덕 위에 나무들이 작은 숲을 이루고 있는 것이 보였다. 한 번 더. 한 번만 더. 영무는 그 마을에서 밤을 기다리고 싶었지만 그렇게 하지는 않았다. 어둠 속에 우두커니 서서 반딧불이들을 보는 척 남자를 기다려볼까 싶었지만 그렇게 하고 싶지는 않았다. 그것은 분명 꿈은 아니었지만 그렇다고 꿈이 아니었다고 확신할 수도 없었기 때문에 영무는 해가 더 뜨거워지기 전에 서둘러 그 호숫가 마을을 떠났다. 영무는 그것이 꿈이었다고 확인하게 될까 봐 두려웠고, 남자를 다시 만나 어제의 꿈 같은 기억을 망치게 될까 봐 조심스러웠다. 관광객들이 많은 도시로 넘어가서도 한참 그 남자의 목소리를 떠올렸다. 그 뒤로 영무에게 반딧불이는 묘하게 성적인 느낌을 주는 어떤 것이었다. 뭔가에 홀렸던 거 같아. 호숫가의 하룻밤을 꿈처럼 이야기할 때 친구들은 하나같이 영무를 비웃었다. 너 그때 욕구불만이었던 거 아냐? 그때 여행 떠난 지 몇 달 지났을 때니까 그럴 만도 하네. 친구들의 반응은 암컷 반딧불이와 수컷 반딧불이가 내는 빛만큼의 차이도 없이 똑같았다.

무슨 생각을 그렇게 골똘히 해?

반딧불이 축제 후기를 한참 읽어주던 애인이 영무의 어깨를 쳤다. 애인은 퇴근 후 영무의 집으로 왔다. 애인이 사온 도시락을 나눠 먹고 영무는 식탁 의자에, 애인은 소파에 앉아 각자 휴대전화를 들여다보고 있었다. 애인이 어깨를 치지 않았다면 영무는 꽤 오래 그 여름의 호숫가에 서 있었을 것이다. 그 남자가 사라진 뒤로 영무는 꿈을 어디까지 꿈이라고 생각해야 할지, 어디까지는 꿈이 아니고 어디서부터는 현실인지 구분하는 것이 어려웠다. 영무가 그 남자에 대해 확신할 수 있는 것은 아무것도 없었다. 어둠에 골몰하게 된 것도, 자신의 작업이 어둠의 언저리를 벗어나지 못하고 있는 것도 꿈과 현실의 경계를 확신할 수 없어진 그즈음부터인 거 같았다. 영무는 어깨에 닿은 애인의 손을 잡으며, 씻을까? 물었고 애인이 영무의 어깨를 물었다. 키스할 때 혀를 깨무는 버릇이 있는 남자는 살짝 마음이 상했을 때 영무의 어깨나 팔 같은 곳을 아프지 않게 물곤 했다. 아니, 지금. 애인이 영무의 브래지어 후크를 풀었다. 애인의 입에 입을 맞추며 영무는 여름의 호숫가에서 천천히 걸어나왔다. 영무는 애인의 감은 눈을 바라보았다. 사랑할 때 눈빛은 거짓말을 못 하죠. 영무는 자신이 반딧불이 남자에게 했던 말을 기억했다. 반딧불이 남자를 생각하지는 않았다.

처음이야. 처음 봤어.
반딧불이 축제 지역을 벗어나 10분 넘게 달렸을 때 영무는 말했다. 운전을 시작한 지 얼마 되지 않은 애인은 운전대를 두 손으로 꽉 잡고 있었고 잔뜩 화가 나 있었다. 아무 대답도 돌아오지 않았다. 그들의 숙소는 동쪽이었고 그들이 달리고 있는 도로 끝에는 커다란 달이 떠 있었다.

자, 이제 됐지.

6월 1일 아침, 그들은 반딧불이 축제 티켓을 사는 데 성공했다. 티켓을 사서 애인에게 주며 영무는 안도의 숨을 내쉬었다.

꼼꼼하고 철저한 성격의 애인은 일이 계획대로 되지 않는 것을 못 견뎌 했다. 영무는 진심으로 이제 됐다고 생각했다. 밥을 먹고 산책을 조금 하고 전망이 좋은 카페에서 커피를 한 잔 마시는 여유를 부릴 수 있다. 애인은 내내 기분이 좋았다. 계획대로 반딧불이 축제의 티켓을 무사히 샀고, 그날 애인이 인스타그램에서 검색해낸 맛집의 짬뽕 맛이 훌륭했으며, 바다가 한눈에 내려다보이는 카페에 좋은 자리가 남아 있었다. 반딧불이 축제에 입장하기 전까지 애인은 약간 흥분 상태였고 별것 아닌 것에도 크게 감탄하고 행복해했다. 영무는 그런 애인을 보는 것이 좋았고, 둘은 자주 소리 내서 웃었다. 반딧불이를 보러 숲으로 들어서기전, 숲의 생태를 위해 지켜야 할 수칙 같은 것을 담은 영상을 의무로 보아야 했는데 애인은 그마저도 거기 모인 수많은 사람 중 가장 즐겁게 보았다.

뭘 처음 봤다는 거야?

뭘 봤는데?

진짜 환불 요청하고 싶다. 아까 입장하기 전에 사람들 싸우고 있는 거 봤지? 그 사람들 이해돼. 저게 뭐야? 반딧불이 축제라며? 이름 바꿔야 되는 거 아니야? 어둠 축제로 하라고 해. 어둠 축제.

한동안 입을 다물고 있다가 말을 쏟아내기 시작한 애인은 쉬지 않고 불만을 토로했다. 그들은 사실 한 시간 넘게 어둠 속을 걸었고, 걷는 동안 아무 소리도 내지 않도록 특별한 주의를 기울여야 했고, 어떤 빛도 새어 나오지 않도록 해야 했기 때문에 휴대전화를 꺼내서 시간을 확인할 수도 없었다. 스무 명의 사람은 빛 한 점 없는 캄캄한 숲을 두 줄로 서서 묵묵히 걸었다. 하지만 한 시간 넘게 눈을 감은 건지 뜬 건지도 구분할 수 없는 어둠 속을 걸으면서 그들이 본 반딧불이는 채 열 마리도 되지 않았다.

뭘 봤냐고?

애인이 재차 따져 물었다.

영무는 이럴 때 말을 잘못 꺼냈다가는 애인을 더 화나게 할 수 있다는 것을 잘 알고 있었다. 그렇지만 이미 말을 꺼냈으므로 돌이킬 수 없었다.

어둠.

영무는 최대한 간결하게 대답했다.

뭐? 어둠을 처음 봤다고? 그래서 하고 싶은 말이 뭔데?
우리가 어둠을 보자고 입장료를 만 원씩 내고 거기 입장했
다는 거야, 지금?

영무는 애인의 목소리가 격앙되는 것을 느꼈다.

축제 첫날이라 아직 반딧불이 많지 않다고. 안내하시
는 분이 그래서 미안하다고 하셨잖아. 그냥 이 축제를 보러
오자고 해준 자기한테 고맙다는 얘기야.

뭐? 사람 열받아 죽겠는데 고맙다고?

나는 무서웠어. 어두워서 긴장을 하고 있다고만 생각했
는데. 눈을 감아도 떠도 똑같이 새까만 상태에 놓여 있어서
그저 조금 긴장을 한 것이라고만 생각했는데. 한순간, 쭈뼛
서는 공포를 느꼈어. 49일을 내내 헤매는 건 이런 걸까. 그
런 생각도 했던 거 같아. 그러다가 알았어. 내가 어둠을 처
음 봤다는 걸. 나는 한 번도 이런 어둠을 본 적이 없었던 거
야. 빛이 전혀 섞이지 않은 어둠.

한 줌의 빛도 소리도 없는 어둠.

영무는 눈을 감았다, 떴다.

감았다, 떴다. 아무리 눈을 감았다, 떠도,

어둠.

새까만 어둠.

영무는 애인의 손을 힘주어 잡았다.

눈을 부릅뜨고 어둠 속을 바라보았다. 반짝, 반딧불이가
나타나기를 바라면서. 어둠을 계속 바라보았다. 아무것도
보이지 않는데 계속 보고 있는 건 뭘까. 아무것도 보이지
않는데도 보고 있다고 믿는 건 뭘까. 어둠 속에서. 이렇게
새까만 어둠 속에서. 내가 이토록 기다리고 있는 건. 반딧
불이의 작은 빛이 한순간 깜빡, 나타났던가. 영무는 어둠을
골똘히 바라보고 있었는데 갑자기, 소름이 돋았다. 어둠 속
에 뭔가 있다. 움직이지 않는다. 숨죽이고 있다. 저기 알 수
없는 뭔가 있다. 커다란 눈꺼풀이 서서히 들어 올려진다.
새까만 눈동자. 검은 안광을 빛내며 쏘아보는 눈. 그 눈과
영무의 눈이 마주친다. 영무는 진저리 쳤다. 어둠의 빛으로
부터. 눈을 멀게 하고 입을 다물게 하고 몸을 얼어붙게 만
드는 어둠으로부터. 온 힘을 다해 돌아섰다. 눈을 감았다.

떴다. 눈앞은 온통 어둠뿐. 어둠 속의 숨은 눈 같은 것은 없었다. 등줄기를 타고 식은땀이 흘렀다.

죽은 걸까.

애인에게 묻고 싶었지만, 참았다. 숲은, 나무들은, 발아래 무성하게 자란 풀들은 전혀 보이지 않았고 길은 점점 좁아지는 것 같았다. 바닥에 튀어나와 있는 나무뿌리들만이 영무가 숲을 걷고 있다는 것을, 살아서, 살아 있는 숲을 통과하고 있다는 것을 확인시켰다. 발이 나무뿌리에 걸릴 때마다 간신히 현실로 돌아왔다.


나는 완전한 암흑, 진짜 어둠을 처음 보았어. 걷고 있는 우리 일행 모두가 어둠 속으로 곧장 빨려 들어가서 그대로 사라질 것만 같았어. 완전한 어둠 속의 공간은 공간이 아니라 일종의 시간으로 체험된다는 것을 알았지. 두 발이 허공에 뜬 것 같았어. 나는 분명 어딘가를 걷고 있었지만, 어디로 가는지, 얼마나 걸었는지, 어디를 걷고 있는지. 한 치 앞도, 두 발 아래도 온통 새까맣기만 했지. 블랙홀에 빠진다면 이런 기분이 들까. 내가 완전히 어둠에 압도되었다고 느꼈을 때 우리는 겨우 숲을 벗어났어.

영무는 여기까지 말하고 잠깐 말을 멈추었다. 애인은 말이 없었다.

그러니까 내 말은,

아니, 그러니까,

영무는 자신이 느낀 공포를 잘 설명하고 싶었고, 동시에 이렇게 말로 쏟아내고 싶지 않았다. 운이 좋으면 공간이 사라진 시간을, 자신이 목도한 어둠을 오롯이 영상에 담을 수 있을 것이다. 영무는 장비를 챙겨 다시 내려오고 싶었다. 반딧불이들이 짝짓기를 시작하기 전에. 밤새 사랑을 나누기 전에. 서둘러 다시 이 숲으로 돌아오고 싶었다. 카메라를 어둠 속에 설치하고, 빛도 소리도 전혀 없는 어둠을 담고 싶었다. 서서히 들어 올려지는 눈꺼풀. 새까만 눈동자. 검은 안광. 그것은 암실과 같은 실내의 어둠과는 완전히 다른 어둠이 될 것이다. 그 어둠으로 시작하는 영상으로 다음 영화를 만들고 싶었다.

그만 말해도 돼. 영화로 보자.

영화사에서 PD로 일하는 애인이 영무의 생각을 읽은 것처럼 말했다.

아직 멀었어?

영무는 애인이 사랑스러웠고, 그 순간 애인을 너무 안고 싶었다. 짧은 순간 참을 수 없는 충동을 느꼈다.

거의 다 왔어.

영무가 애인의 허벅지 안쪽을 만졌다. 어디에 다 왔다는 것인지. 애인의 허벅지에 영무의 손바닥이 닿았다 떨어지는 찰나. 반짝, 반딧불이 남자가 떠올랐다.

그러니까 그날 밤은.

영무는 이제 그토록 헷갈려 하던 꿈과 현실의 경계에서 벗어날 수 있을 것 같았다. 그날 밤으로부터, 그 남자로부터, 어둠처럼 모호하다고만 생각됐던 기억으로부터, 이제 거의 망각이 되어가고 있던 꿈으로부터 갑작스레 자유로워진 것 같았다. 영무는 아무도 자신을 묶고 있지 않았다는 것을 깨달았다. 영무는 오직 자신만이 자신을 붙들고 있었다는 것을, 자신이 헤매고 있었던 것은 어둠이 아니라 오직 자신의 생각이었다는 것을, 자신이 바로 그 생각 속에 자신을 가두고 끝없이 그 언저리를 맴돌고 있었다는 것을 깨달았다. 어둠은 영무가 그토록 집착했던 꿈과 현실의 모호한 경계가 아니라, 꿈도 현실도 그친, 꿈과 현실을 모두 집어삼킨, 꿈도 현실도 시작되지 않은, 아무것도 아닌, 아직, 이미.

한순간,

영무는 어둠도 빛도 잊고 오직 애인과 한 몸이 되고 싶었
다. 어둠과 빛이 모두 무의미해지는 한순간, 무의미가 유일
하게 가능해지는 바로 그 순간,


*


곶자왈의 암반 위에 자라는 나무들은 뿌리로 바위를 뚫
을 수 없어 바위를 꽉 움켜쥔다.

멀리서 보면 꼭 바위 위에 나무가 양반다리를 하고 있는
것 같다.

죽기 살기로 앉아 있는 나무들.

몇 겹의 뿌리들.

죽기 살기로. 다시 그 위에 살겠다고 내려앉은 이끼들.

오직 살기 위해.

*

그녀는 예배당 한가운데 앉아 있다. 좁은 예배당의 내부
가 검게 그을려 있다. 그녀는 고개를 들어 높은 천장을 올
려다본다. 그녀가 앉아 있는 자리만큼 비좁고 높은 천장.
그 끝에는 검은 그을음뿐. 그녀는 거기에서 그녀를 내려다
보고 있는 누군가를 발견한 것처럼 황망히 고개를 숙인다.
눈을 감는다. 그녀가 보인다. 그녀는 무릎을 꿇고 두 손을
모으고 고개를 숙이고 있다. 기도의 내용은 없다. 그녀는
그녀를 위해서 기도하지 않는다. 그녀는 누군가를 위해서
도 기도하지 않는다. 그녀는 말 없는 기도를 하고 있다. 신
앞에 인간의 언어가 무슨 의미가 있을까. 그녀는 이런 생각
조차 하지 않는다. 그녀는 예배당의 일부가 된 것처럼 움직
이지 않는다. 가만히 고개를 숙이고. 예배당 밖을, 예배당
에 오기 전에 그녀가 머물렀던 곳을 생각하지 않는다.

독일 바켄도르프의 클라우스 형제 예배당

"농촌 밀밭 한가운데 사람 한 명이 들어갈 수 있을 정도
의 작은 기도 공간이다. 위로 솟은 단순한 형태. 선사시대
움집처럼 나무를 세워 쌓아 내부 공간을 구획하고 거기에
콘크리트를 부어 입방체를 만든 다음 나무를 3주 동안 불
에 태워 그 질감을 그대로 살려 예배당 내부를 만든 기도
공간이다."

그녀는 어떤 섬으로 가는 비행기에서 이 예배당의 사진
과 예배당에 대한 설명을 보았다. 사진 속에는 정말이지 숨
이 멎을 듯 아름다운 예배당이 서 있었다. 끝도 없는 초록
의 밀밭 한가운데 오직 탑처럼 솟아 있는 예배당. 알 수 없
는 먹먹함에 그녀는 말을 잃었다. 섬에 머무는 내내 예배당
만을 생각했다. 독일은 그 섬으로부터 열세 시간 떨어진 곳
에 있었다. 나무를 쌓고 그 위에 콘크리트를 부어 입방체를
만든 다음, 나무를 태워 다시 속을 비웠다니. 나무를 태워
만들어진 빈 공간이 예배당이라니. 나무가 타는 3주 동안
예배당은 그 열기를 어떻게 견뎠을까. 그녀는 예배당에 알
수 없는 친근감을 느꼈다. 자신과 아주 비슷한 사람을 만났
을 때 느끼던 일종의 불안과 유사한 친근감. 그녀는 계속

예배당을 생각했다. 예배당의 벽에 손을 대보았다. 그을음
으로 남은 열기가 손바닥에 전해지는 것처럼. 지치지 않고
계속 예배당만 생각했다. 그리고 마침내 그녀는 오늘 밤 그
예배당에 도착했다.

그녀는 예배당 한가운데 무릎을 꿇고 앉아 있는 자신을
보았다.

그녀는 골똘히 생각하는 것으로 그것이 시간이든, 공간
이든, 사람이든, 감정이든, 꿈으로 불러올 수 있었다. 혹은
꿈속에서 그녀가 그곳으로, 그들에게, 그것들에 다가갈 수
있었다. 그녀는 예배당에 앉아 있는 자신을 감격에 차 바라
보았다. 예배당에 무릎을 꿇고 앉아 예배당의 내부를 가득
채우고 있는 침묵과, 밀밭의 냄새를 느꼈다. 눈을 감았다,
떴다. 눈을 감았다 떠도 그녀는 여전히 예배당이었다. 내용
없는 기도에, 텅 빈 기도에 온전하게 몰입했다. 예배당과
자신이 하나가 된 밤을 고스란히 가졌다.

*

*어쩌다 무너진 마음은 모르는 사람의 마음*
*나는 나를 죽어도 몰라*
*눈 한 번 감았다 뜬 아침*


*

마네킹 공장에 마네킹들이 나란히 놓여 있다. 상반신과 하반신을 아직 조립하지 않아서 상반신은 상반신대로, 하반신은 하반신대로. 하늘을 향해 선 두 다리가 수천 개, 허리로 앉아 있는 몸통이 수천 개, 그중 절반은 가슴이 불룩하고, 그중 절반은 가슴이 평평하다. 아직 머리를 끼우지 않아서 어떤 표정을 짓고 있는지 알 수 없는 마네킹들이 자신의 얼굴을 기다리고 있다. 표정 없는 사람들이 마네킹의 머리들을 쏟아내는 기계 앞에 한 줄로 앉아 마네킹들의 표정을 하나, 하나 일별하고 있다.

*

마치 어제의 노을이 없었던 것처럼

오늘은 가고

마음을 엎지른

붉은 하늘이 없었던 것처럼

밤은 또 검겠지만


*


왜 문득 죽어버리고 싶었을까. 그 순간에. 빨래를 널다
가. 온실같이 따뜻한 베란다 밖으로 앞집 창에 눈길이 닿았
을 때. 왜 문득, 죽어도 살 수 있을 거 같았을까. 그런 건 뭘
까. 살면서 한 번도 하지 못한 말. 그런 건 뭘까. 그런 게 있
는 사람은 어떻게 사는지 아니? 나는 죽어도 모르고 싶다.
죽도록 살고 싶어. 이 말 한마디면 충분한데. 언제나 물음
에는 정답이 없고. 날은 더워지고 선풍기는 돌고. 모든 일

84

은 어쩌다 한 번씩 일어나고. 어쩌다 한 번이라도 지치고. 아무리 지쳐도 답은 없고. 근데 그거 아니. 눈을 감자마자. 안녕, 내일의 나에게 안부를 전한다.

　그녀는 침대 헤드에 등을 기대고 앉아 무릎 위에 노트북을 올려놓고 여기까지 썼다. 제 손으로 남김없이 지운 거울 속 얼굴을 마주 보다가. 마지막 순간에. 그때 나는 나를 알아볼 수 있을까. 이미 사라진 얼굴로. 그녀는 한글 문서 창을 닫았고 닫기 전 '저장 안 함' 버튼을 눌렀고 문서는 사라졌다. 따라서 앞의 안녕, 안부는. 그녀가 쓴 유서가 아닌데. 그녀는 여전히 침대 헤드에 등을 기대고, 빈 문서에 눈을 고정한 채, 깜빡이는 커서를 무심히 바라보고 있다. 깜빡, 깜빡, 그녀는 빈 문서. 아직 그녀는 씌어지지 않았다. 너의 얼굴로. 살았다, 죽었다, 살았다, 사라졌다, 커서가 깜빡이고 있다.

*

　*허공은 공간이 아니다.*

영원은 시간이 아니다.
죽음은 허공과 영원 사이에 있다.


*


오후 3시 27분. 그녀는 지하철 승강장 제일 끝 벤치에 앉아 있었다. 요란한 알림음이 울리고 지하철이 빠른 속도로 들어왔다. 그녀는 지하철이 승강장으로 들어서는 순간을 놓치지 않았다. 승강장 안으로 들어서는 지하철의 앞 유리를 보았고, 일어섰다. 그녀가 서 있는 1-1 승강장까지 와서 지하철은 완전히 멈춰 섰다. 스크린 도어가 열리고 연이어 지하철의 문이 열렸다. 사람들 몇이 내리고 탔다. 지하철의 문과 스크린 도어가 거의 동시에 닫히고 지하철이 승강장을 빠져나갔다. 그녀는 천천히 나가는 곳으로 걸었다. 1번 출구로 나와서 집으로 돌아갔다. 오후 6시 27분. 그녀는 같은 지하철 승강장 맨 끝 벤치에 앉아 있다. 요란한 알림음이 울리고 지하철이 승강장에 들어선다. 그녀는 지하철이 승강장에 들어서는 순간을 놓치지 않는다. 승강장에 들어서는 지하철의 앞 유리를, 빠른 속도로 그녀에게 다가오는 지하철을 똑바로 바라본다. 지하철의 속도가 몰고 온 바람에 그녀의 머리카락이 날린다. 지하철이 그녀가 서 있는 1-1 승강장까지 와서 완전히 멈춰 서기 직전, 그녀의 눈이 그의 눈과 마주친다. 그와 그녀는 미소 짓는다. 그와 그녀는 웃는 척한다. 스크린 도어가 열리고 연이어 지하철의 40여 개의 문이 동시에 열린다. 사람들 몇이 우르르 내리고, 탄다. 지하철의 문이 닫히고 잠시 후 스크린 도어의 문이 닫힌다. 입을 다문 사람들. 사람들이 지하철에 실려 다음 역으로 떠나간다. 그녀는 빠른 걸음으로 사람들 사이를 지나쳐 1번 출구를 향해 간다. 지난 한 달 동안 그녀는 이렇게 하루 두 번 매일 같은 벤치에 앉아 있었다. 한 달 전, 바로 이 지하철 역 승강장에서 육십대 여자가 몸을 던졌다. 기관사는 그녀의 남편이었다. 남편은 매일 밤 그 육십대 여자와 눈이 마주치는 꿈을 꾼다. 그녀는 내일도 같은 시간, 바로 이 승강장을 향해 걸을 것이다. 네가 날 더 미치게 해. 네가 날 더.

오늘 밤에도 남편은 소리치지 않을 것이다.

그녀는 한동안 승강장 맨 끝 벤치에 앉아 있을 것이다.

*

눈은 내려 쌓이고,
아무도 밟는 사람이 없어서 발자국 하나 없이
끝내 하얗고.


*


변기에 앉아서 그는 이별에 대해 생각하기 시작했다. 그
가 했던 모든 이별. 그것은 불가능했다. 그가 했던 모든 이
별을 생각하려면 그가 살아온 시간만큼이 꼬박 필요할 것
이었다. 그는 몇 명의 애인에 대해 생각했다. 그와 잤거나,
자지 않은 애인들. 변기와 마주 보고 있는 흰 타일 벽에 그
중 한 애인이 붙여놓고 간 곰돌이 푸우 스티커가 있었다.
푸우 특기가 뭔지 알아? 노래 만들어 부르기. 너랑 똑같지?
스티커를 붙이며 애인이 웃었던가. 곰돌이 푸우는 정말이
지 그의 취향은 아니었지만 그는 그것을 떼지 않았다. 그

애인과 헤어진 것이 언제인지 기억은 흐릿했다. 푸우와 마주 앉아 볼일을 보고 푸우에게 시선을 둔 채 체념을 하고 푸우의 모양새를 눈으로 따라 그리며 모든 것은 지나갈 뿐이라고 생각하는 것이, 그저 불편하지 않았다. 푸우는 푸우고, 그가 이 집을 비우고 나가도 푸우는 거기 그 자리에 그대로 있을 것이니. 물론 다음번 이 집에 살게 될 사람은 그가 여자이든 남자이든, 푸우를 정말이지 못 견뎌 할 수 있고, 그래서 이사도 오기 전에 푸우부터 떼어낼 수도 있겠지만. 그보다 어쩌면 푸우가 더 오래, 그의 욕실 타일에. 어쩌면 그의 욕실에 뿐만 아니라 이 도시, 이 나라, 이 지구에서도 푸우가 더 오래 남아 있을 것이다. 그런데 무슨. 그는 바지도 내리지 않고 변기에 앉아 자신이 무슨 생각을 하고 있었는지 기억해내려고 골똘해졌다. 그 생각을 왜 하기 시작했는지. 무슨 생각을 하기는 했었는지. 괜히 빈 변기 안을 돌아보고 물을 내렸다. Gm. Gm. 물은 경쾌한 소리를 내며 내려갔다.

　　　　　　　　　　　　　*

　스페인에서는 플라멩코를 통해 영혼의 폭발을 체험하는
순간을 '두엔데'라고 부른다.
　어떤 영혼들은 몸을 벗어난 후에야, 한순간, 온전한 영혼
이 된 후에야 폭발을 경험하기도 한다.
　마치 예전에는 영혼이 없었다는 듯.
　불현듯 영혼에 찾아오는 '두엔데'.


　　　　　　　　　　　　　*



　그녀는 구내식당에서 점심을 먹고 있다. 구내식당의 오
늘의 메뉴는 비빔밥이다. 그녀는 같은 사무실에서 근무하
는 동료들과 마주 앉아 하나 마나 한 말들을 주고받으며 비
빔밥을 비볐다. 비빔밥을 우물거리다 뭔가 생각난 듯이 고
개를 돌렸다. 창으로 나뭇잎이 흔들리는 것이 보였다. 그녀
는 창 너머를 향해 다만 잠시 손을 내밀고 싶었다.

*

*멀리서 흔들리는 나뭇잎.*

*과거에 대해 자꾸 생각하는 나쁜 습관은 사실 우리의 모든 생각이 과거에서 태어났다는 것을 알려주는 흔적이다. 방금 전의 나에게 지금의 나는 어떤 인사도 전할 수 없어, 긴 안부의 말 대신 과거를 전한다.*

*멀리서 흔들리는 나뭇잎.*
*아직 도착하지 않은 과거가 내일이라는 예감 속에서 불현듯 손을 내민다.*

*

올해도 12월 25일, 어김없이 크리스마스가 왔다. 지난해에도 크리스마스가 왔었다. 내년에도 크리스마스가 올 것

이다. 10년 뒤에도. 어쩌면 백 년이나 천 년 뒤에도. 여름
의 크리스마스도 있다던데. 그는 한 번도 남반구에 가본 적
이 없고 그래서 여름의 크리스마스는 본 적이 없었다. 뜨거
운 태양 아래 크리스마스는 상상이 되지 않았다. 그럼 트리
에 눈송이 대신 무슨 장식을 달아야 하나. 산타클로스는 반
팔을 입어야 할까. 그는 백화점 벽에 잠깐 등을 기대어보
았다. 몇 시간째 서 있었는지 다리에 감각이 느껴지지 않았
다. 해가 지고 어두워지면서 점점 더 많은 사람이 거리로
쏟아져 나왔다. 그는 언제까지 산타클로스를 믿었던가. 일
곱 살? 열 살? 그가 기억하는 한 그는 한 번도 산타에게 선
물을 받아본 적이 없었다. 백화점에서 내놓은 크리스마스
트리는 거대했다. 반짝거리는 작은 전구들. 매달린 눈송이
들. 빛나는 얼음 조각들. 그는 잠깐 크리스마스트리의 맨
꼭대기 별을 올려다보았다. 입에서 입김이 쏟아져 나왔다.
더럽게 춥네. 곧바로 고개를 숙였는데 신발 끈이 풀린 게
보였다. 그는 가까스로 쪼그려 앉았다. 그렇지만 배가 심하
게 나와 있어서 신발 끈을 묶는 일은 불가능했다. 한 무리
의 아이들이 그에게 다가왔다.

산타다.

산타야.

아이들 중 몇이 아는 사람을 만난 것처럼 그를 반가워
한다.

한 아이가 그의 앞에 쪼그려 앉아 신발 끈을 묶어준다.
그는 당황한다.

알바야. 이 아저씨. 산타 알바.

신발 끈을 다 묶은 아이가 일어나며 말한다.

가자.


\*


*6천6백만 년 전, 지구에 소행성이 충돌했다는 것을 믿을
수 있니?*

*바로 그 충돌로 공룡이 멸종되었다는 사실을?*

*그래서 믿는다는 건 뭐니?*


도무지, 도무지인

*질문들이 있다.*

*

그는 위가 약하다. 그는 자주 체하고 더 자주 토한다. 음식을 먹을 때 항상 조심스럽다. 변기 앞에 쪼그려 앉아 몇 시간씩 토하고 나면 아침이 온다. 밤새 토하고 출근하는 날은 사람들에게서 건너오는 음식 냄새가 힘겹게 느껴진다. 사람들로부터 되도록 멀리 걷는다. 그는 그와 똑같은 위를 가진 존재를 알고 있다. 그녀는 온몸이 위여서 무슨 일이든 온몸으로 힘겹게 소화한다. 먼 곳에서 일어나는 모든 일이 그녀에게 일어난다. 많은 나라에서 더 많은 사람이 굶는다. 배가 고파서 세상을 떠난다. 물이 부족해. 많은 아이가 물을 길어 나르다가 길에 쓰러져 죽는다. 태어나 보니 똑같은 나라에 태어난 아이들. 태어나서 단지 태어났을 뿐인데. 어떤 종교를 가지게 된다는 것. 어떤 나라에 태어나고 거부할 수 없이 그 나라 사람으로 자라고. 몸도 마음도 둘 곳 없이 떠도는 사람이 된다는 것. 모든 나라에서 많은 사람이 울

지 못한다. 울음이 울음을 틀어막는다. 분노가 울음을 쓰러
뜨린다. 그녀는 울지 않는다. 그녀가 꼭 그들과 같다고, 몸
도 마음도 둘 곳 없이 떠도는 존재가 그녀라고 생각하지 않
는다. 그녀는 그들에 대해, 그녀 자신에 대해 생각하지 않
는다. 그녀는 판단하지 않고 관여하지 않는다. 그녀는 거의
입을 다물고 있고 그는 매일 밤 쪼그려 앉아 있다. 신이 있
다면. 신이 있다면. 그는 쪼그려 앉아 생각한다. 어디에나
쪼그려 앉은 사람이 있다.

\*

물과 물 사이,
파도,
여기는 파랑의 해변이다.
인천부터 동해까지. X항에서 Y항까지.
파도, 파도, 파도,

그는 도서관 책상에 엎드려 자고 있다. 특별히 읽어야 할
책이 있었던 것은 아니고 아침에 눈을 떴을 때 마땅히 할
일이 없는 휴일이라는 것을 깨달았다. 트레이닝복을 대충
챙겨 입고 집 밖으로 나왔다. 도서관은 그의 집에서 10분
거리에 있었다. 그는 10분 거리의 도서관을 30분에 걸쳐
걸어왔다. 느린 걸음으로 걷다가 중간에 카페에 들러 커피
를 사서 마셨고 길가에 앉아 있는 할머니들을 보았다. 유모
차를 지팡이 삼아 밀고 다니는 할머니들. 할머니들이 망가
진 유모차를 앞에 두고 나란히 앉아 있었다. 할머니들이 앉
아 있는 벤치 앞으로 아기를 태운 유모차를, 진짜 유모차
를 밀며 젊은 여자가 지나갔다. 유모차에서 시작해서 결국
텅 빈 유모차 하나를 갖게 되는 것이군. 그는 순간 이런 생
각을 했다. 지팡이로 쓰이는 유모차만큼 낡고 허름한 생각.
그는 그 뒤로 더 천천히 걸어서 슬리퍼를 질질 끌며 도서관
에 도착했다. 낡아빠진 유모차 같군. 그는 소리 내서 혼잣
말을 했고, 실없이 웃었다. 책을 한 권 가져다가 책상 위에

얹어놓고 책장을 넘겼다.

수면에 대한 책이었는데 기억에 대한 이야기가 나와 있었다. 책에 따르면 인간이 잠을 자는 동안 기억의 '정착'과 '소거'가 동시에 일어난다고 했다. 수면 중에 '리플'이라는 고주파 뇌파가 발생해, 자는 동안 시냅스의 연결이 강해져 기억의 정착이 촉진된다고 했다. 어떤 기억들은 더 단단하게 정착되고 어떤 기억들은 완전히 지워지는 걸까. 잠은 기억을 어떤 기준으로 선발, 결정하는 걸까. 눈을 뜨면, 아침처럼, 늘 거기 있는 기억. 그래서 잠에서 깼을 때, 어떤 기억은 매번 더 선명하게 자신의 존재를 알려오는 것이었던가. 그는 잠으로 달아났던 많은 순간을 떠올렸다. 바로 그 잠으로의 도망이 기억을 더 단단히 뿌리내리게 했다니. 그는 어느새 졸고 있는 자신을 발견했다.

그는 도서관 책상에 엎드려 자고 있다.


*


*도에서 도까지.*

*

장조에서 단조로 조바꿈이 일어난다.

장조에서 단조로, 앞마디에서 바로 뒷마디로 넘어가는 한순간. 자연스럽게 조가 바뀌는 음악을 듣고 있으면. 조바꿈이 일어날 때, 조바꿈이 일어나듯이. 나를 바꾸고 싶어. 단조에서 장조로. 한없이 밝게, 가볍게. 투명한 음에서 더 투명한 음으로. 어둠과 망각과 시는 그대로 두고. 나만. 오로지 내가 기억하지 못하는. 기록할 수 없는. 나만.

그녀는 장조에서 단조로 조가 바뀌는 마디를 들으며 생각했다.

빈 마디와 못갖춘마디.

그녀가 가르치는 학생이 그녀의 피아노 앞에 앉아 있다. 방음 시설이 갖추어진 방 안에 그랜드 피아노 한 대가 있다. 그녀는 매일 세 시간씩 이 방에서 피아노 레슨을 한다. 매일 다른 학생들이 월요일부터 금요일까지 그녀의 방에 다녀간다. 그녀는 마지막 무대를 기억했다. 단 하나의 음도 누를 수 없었던 그때. 온몸이 피아노 의자 위에 얼어붙은 듯 조금도 움직일 수 없던 그때. 숨을 들이쉬지도 내쉬지도 못하고, 숨을 들이쉴 수도 내쉴 수도 없어서, 수많은 관객이 지켜보는 그 숨 막히는 침묵 속에. 그녀의 머릿속에서 완전히 달아나버린 음과 음 사이에. 누군가 내려친 피아노 뚜껑이 닫히듯, 쿵, 닫혀버린 세상과 건반 사이에. 그녀는 앉아 있었다.

그로부터 얼마의 시간이 흘렀을까. 그녀는 알 수 없었다. 학생이 문을 열고, 나가고, 다른 학생이 문을 열고, 들어왔다. 방문이 닫혔다. 정확히 열다섯 마디 뒤에, 정확히 같은 마디에서, 정확히 같은 음과 음 사이에서, 조바꿈이 일어났다.

여전히 닫혀 있는 세상과 건반 사이에서. 나만. 나만.


*


호주의 금빛태양나방은 입이 없다고 한다.

입 없는 나방.

입 없는 나방은 먹지 못해 곧 죽는다. 나방의 없는 입으

로 들이마시는,

*맹렬한, 더듬는, 심연,*

*죽음.*

\*

　그는 밥상 앞에 앉아 있다. 상에는 일회용 접시들이 놓여 있고 접시들 위에는 마른오징어포, 김 과자, 눌린머리고기, 홍어회무침, 절편 같은 것들이 말라붙어 있다. 사이다와 주스, 소주병과 맥주병이 각각 한 병씩, 엎어져 있는 종이컵 탑 주위에 모여 있다. 밥상에는 비닐이 깔려 있고 그 위에 나무젓가락과 종이 캡을 씌운 숟가락이 나란히 놓여 있다. 각 네 벌. 그는 그 밥상에 둘러앉은 네 명 중 한 명이다. 하얀 상복을 입은 여자가 상복 위에 앞치마를 하고 밥과 국을 나르고 있다. 그가 앉아 있는 밥상 위에도 밥과 국이 각각 네 개씩 놓인다. 육개장 국물에 붉은 기름이 둥둥 떠다닌다. 많이 드세요. 감사합니다. 혹시 술이 더 필요하시면 말씀하시고요. 그를 비롯한 네 명은 동시에, 괜찮습니다, 감사합니다, 고개를 숙인다. 손사래를 친다. 어디가 아팠대? 아프긴 젊은 애가. 그럼 사고야? 밥이나 먹어. 건너, 건너 테이블에서 사람들이 수군거리는 소리가 그가 앉아 있는 곳까지 들려온다. 그를 포함한 네 명은 말이 없다. 숟가락을 들지 않는다. 그는 열한 살에 상주가 되었었다. 그에게는 네 살 동생이 있었고 아버지는 출장 중이었다. 귀국하는 데만 꼬박 서른 시간이 넘게 걸리는 먼 나라라고 했다. 그때의 기억은 흐릿하고 희미해서 가끔은 그 일이 누군가에게 전해 들어서 알게 된 다른 사람의 기억 같았다. 실제로 그는 20여 년 전 장례식장에서 지낸 그 3일을 거의 기억하지 못했고 기억하지 않았다. 그는 그 뒤로 피할 수 있는 한 최선을 다해 장례식장을 피했다. 그러나. 그럼에도 불구하고. 가끔, 종종, 이따금, 줄곧, 이런 부사들이 있다. 빈도 부사들. 빈번히 출몰하는, 문득. 생각난 듯이. 한쪽 방향으로 쓰러지는. 너에게 속한 단어들.

*

*상추 씨를 심었더니 상추 싹이 나왔다.*

*

　그리고 어디에나 하늘을 올려다보는 사람이 있다. 어디에나 하늘을 올려다보는 사람들이 있어. 어깨를 나란히 붙이고 앉아서. 두 무릎을 모으고. 두 팔로 자신의 온몸을 끌어안고. 밤하늘. 밤하늘의 달을 올려다보는 사람이 있다. 그는 지금 달을 보고 있다. 길가 벤치에 앉아서. 그가 어디에서 오는 길인지, 어디로 가고 있는지, 아무도 묻지 않는다. 그는 그날 밤 전 세계에서 달을 보고 있는 수천 명 사람들 중 한 명일 뿐이다. 그의 이름은 모른다. 그에게 집이나 가족이 있는지, 직업이나 친구가 있는지 알 수 없다. 오직,

　*(달 속에 옥토끼.*

지구에서 달의 뒷면은 보이지 않아서. 우리는 토끼의 뒷모습을 본 적이 없다.

얼룩의 뒷면으로. 얼룩 토끼는 깡충, 깡충 말이 없고.

얼마나 오래, 얼마나 많은 사람이 말 없는 얼룩의 표정을 읽고자 했을까.

수없이 달이 기울고, 차오르는 동안. 삶이 기울고 차오르는 동안. 얼마나 빌고 또 빌었을까.

얼룩 없는 달을 상상할 수 없어.

얼룩 없는 당신을 상상할 수 없는 것처럼.

당신 속에 당신들.

달 속에 얼룩이 있다.)


그는 지금 환한 얼룩을 보고 있다.


*


음표와 음표 사이,

쉼표.

*

가위, 바위, 보.

그는 아무도 없는 허공을 향해 손을 내민다.

그의 오른손과 왼손이. 그의 왼손과 오른손이.

가위와 가위를, 바위와 바위를, 보자기와 보자기를.

받아줄 이 없는 허공에 낸다. 그의 두 손은 그에게 계속 비긴다. 허공에 난 것은 그의 손바닥. 가위는 가위로, 바위는 바위로, 보자기는 보자기로 돌아온다.

소주 반병에 이렇게 취하다니. 그는 피식 웃는다. 라면은 국물이 보이지 않을 정도로 퉁퉁 불었고, 그는 2년째 살고 있는 고시원 벽에 기대 종이컵에 소주를 마시고 있다. 그가 기대고 있는 벽 너머에 있던 남자가 이틀 전에 죽었다.

"두껍아, 두껍아, 헌 집 줄게,

새 집 다오."

"두껍아, 두껍아, 헌 집 줄게,

새 집 다오."

이 노래는 그 남자가 술만 취하면 흥얼거리던 노래다. 그날 밤에도 어김없이 남자가 이 노래를 불렀다. 그는 지금 그가 기대고 있는 벽을 두 번 두드렸다. 똑, 똑. 노크하듯이 가만히 두드려도 벽이 얇아 소리가 고스란히 전해졌다. 그와 남자는 서로에 대해 대화를 나눈 적이 없었고 공동으로 쓰는 주방이나 세탁실에서 어쩌다 마주쳐도 서로 자리를 피하기 바빴다. 남자는 금방 조용해졌다. 두 번의 노크는 그가 남자에게 전하는 유일한 메시지였다. 그는 조용히 좀 해달라는 말 대신, 언제나 두 번, 벽을 두드렸다. 단 두 번의 노크면 충분했다. 남자는 그날 밤에도 역시 곧 죽은 듯이 조용해졌다. 그는 왠지 당장이라도 두꺼비가 되어 남자에게 새 집을 주고 싶었지만. 그런 생각을 한 자신이 어이없었고. 아침이 왔다.

남자가 변기 하나로 꽉 차는 욕실에 목을 매고 죽어 있는 것을 그날 저녁 총무가 발견했다. 남자는 3개월치 월세를 밀렸고, 총무는 거의 매일 아침, 저녁으로 남자의 방문을 두드렸는데 그날은 아침, 저녁 모두 아무 소리도 들리지 않았고 그래서 방문을 열고 들어가보았다고 했다. 남자의 방에는 짐이 가득했다. 남자가 4년 동안 살면서 조금씩 늘린 짐이 방을 가득 채워서 바닥에는 한 사람이 몸을 누일 수 있는 공간도 부족해 보였다. 잠을 자긴 잔 건가. 그는 남자의 방을 보고 싶지 않았지만 방문이 활짝 열려 있었기 때문에 어제, 오늘 퇴근길에 두 번 남자의 방을 들여다보지 않을 수 없었다. 남자는 그 방에 산 지 4년이 되었고 실직한 지 1년이 조금 넘은 상태였다. 그 방에서 하루 종일. 저 방에서 하루 종일. 그는 생각하고 싶지 않았다. 종이컵에 남은 소주를 가득 따랐다. 기대고 앉은 벽을 머리로 쿵, 쿵 두 번 쳤다. 쿵, 쿵.

*

*"한 아이를 키우기 위해서는 온 마을이 필요하다."*
*아프리카의 유명한 속담이다.*
*여기 한 아이가 있다.*
*모두의 I.*
*온 나라가 필요하다.*

\*

학창 시절, 그가 제일 좋아하는 과목은 수학이었다. 그
의 전공은 수학과 무관했지만. 그의 책장에 제일 많이 꽂
혀 있는 책은 수학과 관련된 책들이어서 그중에는 재미로
가볍게 읽을 수 있는 교양서부터 전공 서적까지 꽤 다양한
책이 섞여 있었다. 그중에 빨간 책. 폴 글렌디닝이 쓴 교양
서 『수학』은 꽤 오래 그의 책꽂이에 꽂혀 있었다. 그 책은
2017년에 그가 사는 도시에 번역, 출판되었는데 그에게 그
책을 선물한 것은 당시 그 출판사에 다니고 있던 여자친구
였다. 그녀와 그는 그 책이 출판되고 얼마 지나지 않아 헤
어졌고 그녀는 그 책을 이별의 선물로 주었다. 그와 그녀
는 그 뒤로도 한동안 웃으며 자주 만났다. 한동네에 살았기
때문에 오가다 마주칠 일이 많았고 둘의 산책로가 겹쳐서
둘 중 한 사람이 피하지 않는 한 만나지 않을 수 없었다. 둘
다 고집이 센 편이어서 둘 중 누구도 자신의 산책로를 바꿀
생각이 없었다. 그로부터 수십 년 동안 책은 같은 자리에
꽂혀 있었다. 그와 그녀는 그사이 각자 몇 번의 이사를 했

고, 결혼을 했고, 아이를 낳았고, 아이가 자라서 그와 그녀
의 집에서 이사를 나갔고, 그 아이가 여자 또는 남자를 만
나서 결혼을 했고, 여자 또는 남자아이를 낳았다. 그 긴 세
월 동안 그는 그 책을 버리지 않았지만 사실 한 번도 펼쳐
보지 않았다. 그 책은 그가 그녀로부터 받기 전에 이미 가
지고 있던 책이었고, 이미 읽은 책이었다. 그가 원래 가지
고 있던 책은 이제 어디로 갔는지 보이지 않았다. 누군가에
게 빌려주고 돌려받지 못한 것일 수도 있고 그가 어딘가에
두고 왔을지도 모를 일인데. 그녀가 그에게 같은 책을 선물
했기 때문에 그는 그 책을 찾지 않았다. 그리고 그녀가 선
물한『수학』은 한 번도 펼쳐지지 않은 채, 책장에 꽂히게
되었다. 그 책이 꽂혀 있는 동안 그는 조금씩 늙어갔으므로
어느 날 세상을 떠나기도 했다. 결혼을 해서 그의 집을 떠
났던 아들이 집을 정리하러 돌아왔다. 그의 아내는 그보다
꽤 오래 먼저 세상을 떠났다. 그의 아들은 아버지를 닮아
수학을 잘했지만 수학을 좋아하지는 않아서 수학 전공자가
되었다. 아버지가 혼자 살던 집을 정리하다가 그의 아들은
책장에 꽂혀 있는 빨간 책,『수학』을 발견했다. 책은 새 책
인 채로 낡았다. 아들은 무심히 책장을 후르륵 넘겼다. 모

든 책의 갈피를 그런 식으로 확인하고 있었기 때문에 그 책
도 예외 없이 그렇게 했다. 꼭 뭔가, 지폐나 쪽지 같은 것들
이 책 사이에 끼워져 있을 거라 생각했던 것은 아니고 그의
꼼꼼한 성격 탓에 책들을 그냥 버릴 수가 없었다. 그는 아
버지의 그 많은 책을 자신의 집으로 가져갈 생각은 없었다.
그의 책장에는 아버지의 책과 겹치는 책도 많았고(그의 아
버지는 좋은 책을 발견하면 언제나 아들을 위해 한 권 더 사두
었기 때문에) 아버지의 책 중에는 그가 전공자이기 때문에
도저히 참아줄 수 없는 수준의 책들도 많았다. 그는 책을
한 권씩 책꽂이에서 빼며 책들의 갈피를 일별했다. 수백 권
의 책을 같은 방식으로 정리해가고 있었지만 어떤 것도 발
견되지 않았다. 책갈피에는 지폐나 쪽지 같은 것은 물론이
고 메모나 밑줄, 얼룩 같은 사소한 흔적도 없었다. 그러므
로 더더욱 무심히. 빨간 책, 『수학』을 엄지손가락으로 앞쪽
부터 눌러 훑어보다가 그는 처음으로 멈췄다. 378쪽. 거기
에 유일한 밑줄. "존재성 증명은 정의되는 성질을 가진 물
체가 실제로 존재한다는 것을 밝히는 과정이다." 이 문장
에 밑줄이 그어져 있었다. 그 페이지의 제목은 "존재성 증
명"이었는데 밑줄 그어진 문장은 그 페이지의 첫 문장이었

다. 존재성 증명에는 두 가지 종류가 있는데 하나는 구성적 증명이고 다른 하나는 비구성적 증명이다. 구성적 증명은 명백해서 이를테면 어떤 수로 나뉠 수 있는 짝수가 존재하는지 묻는 것이다. 그러면 거기에 정확한 숫자로서 답이 존재한다. 그런데 비구성적 증명은 조금 다르다. 답을 찾을 수 없는 방정식이 있다고 치자. 그 방정식의 해를 찾지 못해도 해가 존재하기는 한다는 사실은 증명할 수 있다. 명확하게 숫자를 제시할 수 없어도 해가 있기는 하다는 것, 그 사실을 밝힐 수 있다. 그는 구성적 증명과 비구성적 증명에 대해 익히 잘 알고 있었는데 도대체 왜 이 문장에 밑줄이 그어져 있는지는 알 수 없었다. 그는 아버지의 책 중 유일하게 이 책을 가방에 넣었다. 모든 책을 다 버리고, 아버지의 짐을 모두 정리하고, 유품으로 몇 개의 물건을 챙겨 아버지의 집을 빠져나왔다. 집은 곧 팔릴 것이다. 그는 자신의 집으로 돌아와 밑줄 그어진 문장을 한 번 더 읽었다. "존재성 증명은 정의되는 성질을 가진 물체가 실제로 존재한다는 것을 밝히는 과정이다." 아버지가 실제로 존재한다고 밝히고 싶었던 것은 무엇이었을까. 그는 궁금했다. 아버지는 왜 오직 이 문장에 밑줄을 남긴 것일까. 그는 수학 전공자답게 명확한 답을 얻고 싶었다. 매일 아침 그 문장에 대해 생각했다. 그가 실제로 존재한다고 믿는 것들에 대해 생각하기 시작했다. 그의 아이와 아내와 그 자신. 그리고 그의 아버지. 아버지는 세상을 떠났지만. 아버지는 존재했거나 여전히 존재하는 거 같았다. 그는 아버지의 죽음에 대해 골똘히 생각했다. 아버지의 삶에 대해서도. 구성적이거나 비구성적인. 구성적이지도 비구성적이지도 않은. 아버지를 이해해야 저 문장을, 저 문장에 밑줄을 친 아버지를 이해할 수 있을 것 같았기 때문에. 그렇지만 그는 아무것도 증명하지 못했고, 그는 죽을 때까지 알지 못했다. 수십 년 전, 아버지의 여자친구가 그 책을 아버지에게 선물할 때, 그 밑줄을 통해 그녀가 그의 아버지에게 하고 싶었던 말을. 그녀는 그의 아버지에게 무엇이 실제로 존재한다는 말을 하고 싶었던 걸까. 무엇도 실제로 존재하지 않는다는 말을 하고 싶었던 걸까. 어느 쪽이든. 그의 아버지는 그 밑줄을 발견조차 하지 못했다. 책은 그가 세상을 떠난 뒤에도 그의 책상 위에 남아 있었다.

*

*한참 뒤에.*
*아주 오랜 시간이 흐른 뒤에.*
*그건 바람도 그친 폐허와 같아.*
*그것의, 그 찰나의, 그 얼핏의,*
*그날 밤.*

*태어난 것은,*
*태초의 석벽에서 어떤 부조가 얼굴을 드러내듯이.*
*별자리에서 별들이 더 깊은 어둠 속으로 달아나듯이.*

*

이틀에 한 번, 일주일에 한 번. 어쩌다는 열흘에 한 번 밤
이 온다. 밤이 드문 계절. 밤이 오면 사람들은 잠들지 못한
다. 낮이 계속되는 백야(白夜)와 달라. 비가 오듯이, 눈이

내리듯이. 어쩌다 한 번씩 밤이 온다. 몇 시간씩, 며칠씩.
밤은 오고, 그친다. 밤은 오고, 밤은 쏟아진다. '오늘 하루
도 행복하세요'라는 말이 익숙한 돌림노래처럼 밤과 밤 사
이를 가득 채운다. 오늘 하루도 행복하세요. 오늘 하루도.
오늘 하루도. 이런 말은 어디에나 있다. 그런데 의미가 있
으면. 죽지 않으면. 아무도 영원히 죽지 않는다면. 오늘 하
루도 허무나 고독은. 허무나 고독은 채워질 수 있는 걸까.
의미가, 존재가, 불멸이 허구가 아니라 하더라도.

　이틀에 한 번, 일주일에 한 번. 어쩌다는 열흘에 한 번 밤
이 온다는 건 말이 안 된다. 밤이 드문 계절은 오지 않는
다. 잠들지 못하는 사람들이 하는 생각이란 무엇으로도 채
워지지 않는다. 잠들지 못하는 사람이 모로 누워 서성이
고 있다. 밤새. 밤은 언제 오는가. 밤새. 온전한 밤은 언제
오는가. 불면은 허무도 고독도 밤도 집어삼킨다. 뒤척거림
도, 양 만 마리도, 잊을 수 없는 기억도 남김없이 집어삼킨
다. 의미와 무의미 사이. 무의미로 채워지는 의미와 의미로
채워지는 무의미 사이. 오직 새빨간 두 눈. 불면이 있다. 눈
뜬 불면. 부릅뜨고 지켜보는 따가운 두 눈. 거리마다 잠들
지 못하는 자들이 있다. 불면에 잠식된 사람들. 멍하게 앉

아 있는 사람들. 어느 쪽으로든 흔들리는 사람들.

누군가 버스 유리창에 머리를 부딪히며 졸고 있다.

*

*희박한,*
*한숨, 또 한숨.*
*한 발 또 한 발.*

*

그게 뭔지 모르겠지만. 참을 수 없어져서.
참을 수 없어서.
바다를 보러 왔다.
바다를 본다, 파도가 온다, 파도가 온다.
이미 사라진 것.

나는 지나간 파도, 누군가의 마지막 바다 같은 것을 참고 있다고 착각하고 있는지도 모르겠다. 아무것도 없는데 참고 있다는 기분. 그래도 참을 수 없어 눈물 같은 것을 흘리고 싶었는데.

내내 나에게 등을 지고 바다에 앉아 있던 갈매기가 가볍게 날았다.

바다가 보고 싶어, 이따금.

저 하늘 위에서. 하늘 밖으로. 훌쩍,

왜 우는 소리와 떠나는 소리는 같은지.


바다가 보고 싶은 건 외로운 거래.

엄마가 보고 싶은 건 삶이 힘든 거고.

학창 시절에 우리는 이런 목록을 만들곤 했다.

그때도 바다나 엄마가 늘 보고 싶었지만.

그리움도 나이를 먹는다.

나는 그때로부터 스무 해쯤 더 살았고 그래서 조금은 더 나이를 먹었고, 저절로. 나이는 저절로 먹는지 가까스로 먹는지 모르겠다. 이럴 땐 저절로와 가까스로가 같은 말인지 조금도 같지 않은 말인지.

그 사이 나이를 먹고 나에게 남은 게 있다면.
가까스로 그리움.
그리고.
그저.

바다는 바다고 엄마는 엄마겠지만.

갈매기는 저절로와 가까스로 사이를 난다.
기어이. 파도의 멀미를 견딘다.
나는 바다 앞에 앉아 당신의 울음 같은
갈매기를 보고 있다.

\*

당신의 고통을 상상할 수 없다.
그 시간을 통과하며 굳어진 당신
마음의 모양을
깊이 팬, 접힌, 잘린

116

*회복 불능.*

이전으로 돌아갈 수 없다.


*


주한 일본대사관 앞에 소녀상이 있다.


*


그렇게 살다 죽을 거야?

A가 물었다.

방어가 맛있네.

B는 못 들은 척했다.

씨팔, 그렇게 살다 죽을 거냐고?

A는 소주잔을 단숨에 비우고 탁, 소리가 나게 내려놓았다.

나는 그들과 같은 테이블에 앉아 있다.

죽어도 미안하다고 말하지 않는 사람을 알고 있다.


*


*깊은 밤,*
*매미가 운다.*


*


지도에서 당신의 집을 찾아봅니다. 여기쯤, 여기쯤. 이 길과 이 길을 걸어서 이 골목 끝에서 당신은 집으로 들어갑니다. 당신이 매일 걸었던 길. 그중 며칠은 나와 손잡고 돌았던 골목의 모퉁이를 지도에서 따라 걸어봅니다. 마음을 그 모퉁이에 떨어뜨리고. 돌아서서도 한참, 나는 지도 앞에 앉아 있습니다. 우리는 그날 어디에 서서 서로에게 손을 흔들었었지? 나는 당신이 듣고 있는 것처럼 소리 내 말해봅니다. 기억해? 모퉁이에는 고양이 한 마리 앉아 있습니다.

해가 지고 가로등이 켜지고 날이 밝고 가로등이 꺼지고 낮이 오고 다시 해가 집니다. 골목에도 바람이 붑니다. 모퉁이는 비어 있습니다. 거기에도 지도가 있어? 나는 당신이 옆에 있다는 듯이 지도에서 고개를 돌려봅니다. 창밖이 온통 뿌연 하늘입니다.

하늘에도 지도가 있습니까?


*


*나뭇잎 위에, 처마 끝에, 장독 뚜껑에,*
*풍경에,*
*풍경에 매달린 물고기 꼬리에,*
*물방울.*

*

나무,

처마,

풍경,

물고기.

물방울처럼.

단어를 만질 수 있다면. 차갑다는 차가울까 뜨거울까. 뜨
겁다는 뜨거울까 차가울까. 표면이 가장 울퉁불퉁한 것은
울퉁불퉁일까 예민하다일까. 고독은 만지면 녹아버릴까 부
서질까. 더 단단하게 응축할까. 얼음을 만지듯 단어를 만
질 수 있을 것 같은 순간이 있어. 눈을 감고 아름다워를 만
져봐. 아름다워. 나이가 없는 사람을 한 번은 만나고 싶다.
햇살이 좋은 창가에 손을 대고 있으면 빛이 나를 만지는 걸
까. 내가 빛을 만지는 걸까. 아름다워를 만지는 상상을 하
면 내가 아름다움을 만지는 것이 아니라 아름다움이 나를
어루만지는 기분이 들어. 손끝에 느껴지는 건 아름다움이
만지고 있는 내 몸의 온도. 아름다워. 아주 뜨겁고, 무섭게

차갑고, 뜨겁다가 차갑다가. 섞이지 않는 기체 같아. 바람
속에 손을 뻗으면 바람이 내 손을 만지는 걸까. 내가 바람
을 만지는 걸까.


*


아, 해보세요. 아, 크게.

그녀는 어떤 입 앞에 앉아 있다. 얼굴은 흰 천으로 가려
져 보이지 않고 입만이 구멍 밖으로 나와 있다. 옷차림으로
보아 이 입의 주인은 그녀 또래의 중년 여성이다.

그녀는 입안을 꼼꼼히 들여다본다. 왼쪽 어금니 아래쪽
잇몸이 부어 있다. 때웠거나 씌웠거나. 이 입속에 치료를
받지 않은 치아는 거의 없다. 마스크를 쓰고 있는데도 구취
가 느껴지는 것으로 보아 위가 좋지 않은 환자다.

자, 이제 일어나서 입 한번 헹구세요.

전동 의자가 일으켜 세워진다.

그녀 앞에 누워 있던 환자가 허리를 세우고 앉아 입을 헹
군다.

잇몸이 전체적으로 많이 내려앉았어요. 여기 치아가 뿌리 쪽까지 많이 나와 있는 거 보이시죠?

그녀는 환자의 엑스레이 사진을 보며 기계적으로 말한다.

어머, 맞네, 맞아. 송길자. 진짜 너구나.

그녀는 갑자기 불린 자기 이름에 놀라 환자의 얼굴을 바라본다. 아무 이름도 떠오르지 않는다.

송길자치과. 이름이 특이해서 혹시 너인가 했는데. 어머, 반가워라. 애, 우리 이게 얼마만이야.

그녀는 이 중년 여자의 이름을 떠올려보려고 자신이 다녔던 학교와 나갔던 모임들, 소식이 끊긴 지인들의 얼굴을 차례로 기억해낸다. 어디에도 이 여자에 대한 기억이 없다.

나는 오자마자 네 얼굴부터 확인하고 싶었는데, 간호사가 접수하자마자 여기 눕히더니 얼굴을 가리잖아, 너일까, 아닐까 엄청 궁금했다, 야. 근데 어쩜 하나도 안 변했네. 너는 30년 전 그대로야. 너 전학 가고 한 번도 못 봤으니까 30년 맞지?

전학.

그녀는 전학을 한 적이 없다. 여자가 정신없이 쏟아내는 말 중에 그녀는 분명히 전학이라는 단어를 들었다. 긴장이 단번에 풀리는 것을 느꼈다. 그녀는 이 중년 여자의 이름을 떠올려야 한다는 긴장에서 벗어나 여유를 되찾고 친절하게 말한다.

다른 분이랑 착각하시는 거 같네요. 저는 전학을 한 적이 없습니다.

김 선생님, 이분 마무리해주시고, 다음 진료 안내해드리세요.

그녀는 칸막이 옆 다른 환자에게로 가기 위해 자리에서 일어선다. 그녀가 기억하는 한 그녀는 한 번도 전학을 한 적이 없다.

무슨 소리야, 너 송길자 맞는데. 너네 아버지 송지완. 지완약국 하셨잖아. 아니야? 우리 고등학교 옆에 있는 약국이어서 우리가 얼마나 뻔질나게 드나들었다고. 아 참, 아버지 건강하시지?

그녀는 멈춰 서서 빤히 여자의 얼굴을 본다.

그녀의 아버지는 평생 약국을 운영하셨다. 두어 번 약국 자리를 옮기시긴 했지만 이름은 매번 지완약국이었다. 몇 년 전 완전히 문을 닫을 때까지 아버지의 약국은 한 번도 지완약국이 아닌 적이 없었다. 그녀는 태어나서 중학교를 졸업할 때까지 같은 동네에 살았고, 아버지의 약국이 신도시에 새로 증축한 메디컬 센터로 자리를 옮기면서 집도 자연스럽게 그 도시로 이사를 하게 된 것이 그녀가 기억하는 인생의 첫 이사였다. 그녀는 바로 그 신도시에 생긴 여고의 첫 졸업생이었다. 메디컬 센터는 여고로부터 버스로 몇 정거장 거리에 있어서 그녀는 친구들을 아버지의 약국에 데려간 적이 없었다.

잠깐 로비에서 기다려주시겠어요?

그녀는 이 중년 여자를 기억해내야 한다는 부담을 처음보다 훨씬 강하게 느끼며 최대한 침착하게 말한다. 당황한 마음을 감추고 옆 환자가 있는 칸막이 너머로 이동한다. 누워 있는 환자 앞에 앉으면서도 여자가 혹시 중학교 동창이었는지, 그녀 삶의 어떤 순간에 스쳐 지나갔는지 떠올려보려 하지만 기억이 나지 않는다.

아, 해보세요. 크게, 아.

그녀는 또 다른 입 앞에 앉아 있다. 이 입의 주인은 일주일 전 임플란트 시술을 받은 육십대 초반의 남자다.

지내기 불편하지는 않으셨죠?

아, 술을 못 마셔서. 거 말고는 뭐.

그녀는 넉살 좋은 남자의 입속을 살피면서도 줄곧 여자를 떠올려내려고 자신의 기억을 들여다본다. 어디에도 여자가 없다.

자, 입 헹구시고, 술은 당분간 계속 드시면 안 되는 거 아시죠?

김 선생님, 여기 마무리해주시고 안내해드리세요.

그녀는 그 뒤로 한 명의 환자를 더 보고 로비로 나온다.

송송길!

로비로 나온 그녀의 손을 여자가 덥석 움켜쥔다.

그래, 우리가 너 송송길이라고 불렀었잖아. 송길자 이름 촌스럽다고 네가 진짜 싫어했었는데. 기억 안 나? 나는 너치대 갔다는 소식까지는 들었었는데. 아니 우리 아파트 상가에 새로 오픈한 치과 이름이 송길자치과라니. 내가 안 와볼 수가 있나. 근데 그렇게 싫다더니 어떻게 치과 이름을 네 이름으로 했어? 송송길! 반갑다, 야.

호들갑스럽게 쏟아내는 여자의 말을 듣다가. 그녀는 누군가 그녀를 그렇게 불렀던 것을 떠올린다.

송송길.

한 무리의 남학생이 그녀를 따라온다.

야, 송송길.

그녀와 같은 고등학교에 다니는 남학생들이다.

오, 송송길.

남학생들이 그녀의 앞을 가로막는다.

송송길.

남학생들이 낄낄거리는 소리가 들린다.

송송길.

돌아가며 부르는 소리.

가로등이 눈앞에서 사라진다.

그녀는 중년 여자의 손을 거칠게 뿌리친다.

저는 전학을 한 적이 없습니다. 그럼, 안녕히 가세요.

그녀는 진료실 문을 닫고 들어온다.

문이 그녀 뒤에서 쾅 소리를 내며 닫힌다. 마음이 차갑게, 끔찍하게. 더없이 단단하게 가라앉는다.

아, 해보세요. 크게, 아.

그녀는 다시 낯선 입 앞에 앉아 있다. 얼굴이 가려져 있어 입만이 구멍 밖으로 나와 있다. 그녀는 또 한 번 모르는 사람의 입을 들여다본다.

나는 너를 모른다.

*

22층 아파트 난간에 비둘기가 앉아 있다.

창가에 밤마다 앉아 있는 비둘기.

매일 밤 같은 난간을 찾아오는 비둘기가 같은 비둘기인
지 다른 비둘기인지 이 집 사람들은 구분하지 못한다. 문이
열리고, 닫히고, 사람이 들고, 나고. 인기척에도 놀라지 않
고 현관 창밖에 죽은 듯이 앉아 있는 비둘기. 난간엔 밤새
비둘기가 싸놓은 똥이 한가득이다.


비에 젖어 진한 잿빛이 된 비둘기가 제 몸 같은 허공을
바라본다.

새도 날아오를 때 뛰어내리는 기분일까.

뛰어내리는 기분으로.

창가에 서 있는 사람.

이 집 사람들이 아침마다 비둘기의 똥을 닦는다.

*

　우리는 그날 공원 벤치에 앉아 있었어. 특별한 일은 아
니었고. 우리야 그 벤치에 자주 앉아 있으니까. 그날도 그
냥 앉아 있었을 거야. 나는 재 따라갔었지. 너 그날 거기 간
이유가 있었어? 또 대답 안 한다. 네가 이해해. 재가 낯을
많이 가려. 다른 사람이 있으면 말을 안 한다니까. 암튼 전
날 비가 많이 와서 공기가 좋았지. 공기 좋은 건 어떻게 아
냐고? 보면 알지. 하늘색이 달라지는데. 하늘은 파랗고 구
름은 하얗고 그날 그랬어. 그래, 그러니까 그 벤치가 어디
에 있냐 하면 여의도에 공원 있잖아. 그 왜 여의도 중간에
덩그마니 있는 공원. 점심시간이면 직장인들이 줄지어 걷
는 그 공원 말이야. 나는 언제였더라. 암튼 재 따라 처음 가
봤는데. 딴소리지만 아무래도 나는 이 나라 사람은 아닌
거 같아. 나는 거의 다 신기하거든. 근데 재는 다 익숙하대.
야, 너도 이리 좀 와봐. 또 대답 안 한다. 아휴, 무슨 얘기하
고 있었더라? 아, 그래, 벤치. 그 벤치가 어디 있냐 하면 바
로 그 여의도 공원을 어떤 방향으로든 한 바퀴 걷다 보면

멋진 나무 한 그루를 만나게 되는데. 어, 꼭 만나게 돼. 근데 그 나무는 누가 봐도 특별히 멋지기 때문에 누구나 쉽게 찾을 수 있거든. 뭐? 나무 종류가 뭐냐고? 내가 그걸 어떻게 알아? 근데 자꾸 말 좀 끊지 마. 헷갈리잖아. 암튼 그 나무에서부터 스물다섯 걸음쯤 떨어진 곳에 바로 그 벤치가 있어. 오래된 벤치인데 거기 분위기가 좋지. 그치? 야, 너는 왜 그 벤치를 좋아하게 됐어? 쟤가 저래. 사실 나한테도 거의 말을 안 해. 그날 우리는 나란히 앉아서 사람 구경을 하고 있었어. 해가 지고 하늘이 파란 잉크색으로 변했다가 완전히 캄캄해질 때까지. 계속 앉아 있었어. 여름밤이라 산책하는 사람이 많았고, 공기 중에 은은하게 보리 향기가 섞여 있어서 왠지 취할 거 같았지. 다른 건 다 그렇다 치고. 이렇게 취하는 게 힘들 줄 알았으면 좀더 자주, 좀더 많이 취할 걸 그랬다니까. 취하고 싶어도 취할 수가 없다니. 아, 그래, 하던 얘기. 아마 내가 쟤한테 하늘에 별 좀 봐라. 뭐 그러고 있었을 거야. 그 벤치에 앉아서 우리가 하는 얘기는 맨날 똑같거든. 별 봐라, 하늘 봐라, 사람 봐라. 뭐 그것도 다 내가 하는 얘기지만. 제법 깊은 밤이었을 거야. 저쪽에서 남자랑 여자랑 손잡고 걸어오는 게 보였어. 딱 봐도 잘 어울리는 커플이었지. 근처 직장에 다니는 사람들 같지는 않았고, 얼핏 대학생들 같기도 했는데 걔들이 하필 우리가 앉아 있는 벤치 쪽으로 오는 거야. 그 근처에 벤치는 그거 하나거든. 나는 절대 비키고 싶지 않았어. 쟤는? 쟤는 벌써 일어나서 걷기 시작했지. 나는 정말이지 비키기 싫었거든. 근데 그 남자가 기어이 내 손을 깔고 앉았다니까. 그러더니 여자를 끌어당겨서 순식간에 자기 무릎에 앉히더라. 나, 두 사람한테 동시에 깔려서 소리 지를 뻔했잖아. 그다음 어떻게 됐냐고? 뭘 어떻게 돼. 여자의 가슴이 남자의 목덜미에 부드럽게 닿았지. 남자가 여자 가슴에 자기 얼굴을 파묻은 게 먼저였던가. 여자가 고개를 숙여서 남자에게 입을 맞췄어. 둘이 키스하는 모습이 얼마나 예쁘던지. 내가 뒤를 몇 번이나 돌아봤다고. 걔들 뒷모습이 꼭 한 사람 같았어. 야, 근데 너 무릎에 누구 앉혀본 적 있어? 아님 누구 무릎에 앉아본 적은? 대답도 안 하는데 왜 자꾸 묻냐고? 나도 모르지. 음, 대답 안 해도 알 거 같아서. 아 근데 내가 이 얘기 왜 시작했더라? 네가 나한테 뭘 물었지? 아, 그래, 그래. 그러니까 나는 그날 처음으로 궁금했다는 얘기야. 쟤는 죽기 전에 뭐였을까? 남자였을까? 여자였을까? 나는. 나는 여자였을까? 남자였을까? 그래, 알아. 남자나 여자나 그런 건 사람의 일이지. 우리는 이미 한 번 죽었고. 죽었으니까. 남자도 여자도 아니지만. 근데, 그래도. 우리는 우리가. 그래, 쟤나 나나 남자인지 여자인지 그런 건 모르지. 근데, 그렇지만. 나는 쟤가 제일 이상하고 쟤는 내가 제일 이상하고. 우리는 우리가. 그래 뭐 남자든 여자든 그런 구분이 무슨 의미가 있겠냐. 그냥 그랬다고. 근데 괜히 궁금하더라고 처음으로. 뭐? 그래, 특별한 일은 아니지. 네 말대로 전혀 특별한 일은 아니야. 내가 처음부터 말했잖아. 특별한 일은 아니라고. 아니 그럼 너는 뭐 우리가 살인이라도 목격했길 기대한 거야? 왜? 대체 왜? 근데 너 지금 화내는 거니? 어, 어, 너, 혹시.

*

침팬지와 보노보도 프렌치 키스를 한다.

*

형, 여기가 어디야?

바다지.

어느 바다?

그냥 바다.

그러니까 어느 바다?

호랑이 바다.

호랑이 바다가 어딘데?

호랑이 바다가 호랑이 바다지.

그럼 우리 집은 어느 쪽이야?

소년은 주위를 돌아본다. 바다, 바다, 바다, 바다.

소년과 동생이 앉아 있는 배의 갑판에서 바라본 사방은 앞도, 뒤도, 오른쪽도, 왼쪽도, 온통 파랗기만 한 바다. 끝 없는 바다. 망망대해다.

소년은 화가 나서 동생에게 말한다.

엄마한테 물어봐.

금방 후회한다.

저기, 여기서는 안 보이는데 저쪽이야. 형 손가락 끝에 봐봐.

소년은 몸을 돌려 배가 나아가고 있는 방향의 반대편을 가리킨다. 배가 지나온 자리에 하얗게 포말이 인다.

싫어, 거짓말. 저기도 바다잖아. 다 바다밖에 없잖아. 바다 싫어. 파도 싫어.

동생이 곧 울음을 터뜨릴 것만 같아 소년은 덜컥 겁이 난다. 이 배에는 아이들이 우는 것을 못 견뎌 하는 사람들이 많다. 아이가 그치지 않고 울면 그 아이를 금방이라도 바다에 던져버리고 말 것 같은 사나운 얼굴의 사람들이 아이를 둘러싼다. 시간이 갈수록 무서운 사람들이 더 많아지고 있다. 아이들이 울음이나 배고픔을 참지 못하는 것처럼 화를 참지 못하는 어른이 많다는 것을 소년은 배에서 하루가 다르게 깨닫고 있다.

쉿! 이 배는 보물선이야.

소년은 동생에게 배에 엄청난 비밀이 숨겨져 있는 것처럼 목소리를 낮추고 입에 손가락을 가져다 대며 말한다.

보물선? 우리 보물 찾으러 가는 거야?

동생은 잠깐 소년의 놀이에 속아 긴장된 눈으로 형을 바라본다.

보물 싫어! 나 집에 갈래. 집에 갈 거야. 형, 집에 가자. 응?

소년의 자신 없는 눈빛을 읽은 걸까. 동생은 이제 떼를 쓰기로 작정한 것처럼 자리에서 벌떡 일어선다. 소년도 이 배가 어디로 가고 있는지 모른다. 소년의 엄마도, 소년의 아빠도, 화를 참지 못하는 무서운 어른들도, 아무도 모른다. 어쩌면 계속 나아가기만 하는 이 배도. 소년은 자다 깨 어른들이 나누는 이야기를 들었던 며칠 전의 밤을, 이 배가 어디로 가고 있는지 아무도 모른다는 것을 처음 알았던 그날 밤의 공포를 잊지 못한다. 소년은 자신의 불안을 동생에게 들키지 않으려고 동생의 손을 힘주어 잡아 앉힌다.

잘 들어. 지금 다 같이 놀이하는 거야, 보물을 찾아야 집에 갈 수 있어. 우리가 제일 먼저 찾자.

동생이 소년의 손을 꽉 잡는다.

겁을 먹었다는 것을 동생에게 절대로 들켜서는 안 된다. 소년은 눈을 질끈 감고 싶은 것을 겨우 참고 동생의 손을 더 꽉 힘주어 잡는다.

큰 파도에 배가 흔들린다.

파도가 시작되면 한 번으로 그치지 않는다. 배가 오른쪽
으로, 왼쪽으로 심하게 기운다. 잡을 것이 서로의 작은 손
밖에 없는 아이들이, 아이들의 작고 여린 어깨가 서로 부
딪치며 수평선 위로 솟아올랐다가 수평선 아래로 가라앉
는다. 배 위에서 수평선은 자꾸 멀어진다. 아무도 수평선에
닿지 못한다. 수평선은 더 먼 바다로 달아난다. 바다의 끝
과 하늘의 끝이 수평선에서 맞닿아, 끝없는 바다와 가득한
하늘. 그 사이 흔들리는 작은 점. 이 배가 아이들의 유일한
육지다. 육지는 짙은, 바다, 안개 속에 있다.


*


누구에게나 어린 시절이 있다.


'어린 시절'이라는 말은 때로 민달팽이 같다. 딱딱한 집
을 짊어지고 태어났어야 할 달팽이가 너무 심하게, 말랑말
랑한, 맨살로, 맨살인 채, 불쑥, 땅 밖으로 기어 나온다. 어

디 숨을 데라고는 하나 없는 세상 밖으로. 어쩌자고

\*

> 그동안 감사했습니다.
> 그리고 행복했습니다.
> 여러분 건강하세요.
> ~주인 백~

문 닫은 슈퍼에 종이가 붙어 있다. A4용지 위에 손 글씨로 눌러쓴, 그동안 감사했습니다. 그리고 행복했습니다. 여러분 건강하세요. 주인의 마음. 주인은 이 오래된 슈퍼에서 나고 자랐다. 주인은 이 슈퍼에서 어른이 되고 엄마가 되고 노인이 되었다. 주인은 이 슈퍼에서 담배를 팔고, 참치를 팔고, 사과를 팔았다. 그동안 감사했습니다. 그리고 행복했습니다. 여러분 건강하세요. 문 닫은 주인의 마음 앞에 한 여자가 서 있다. 검정 모자를 쓰고 검정 재킷을 입고 검정

바지를 입은 여자. 젊은 여자는 한참 동안 꿈쩍도 하지 않고 슈퍼를 향해 서 있다. 그동안 감사했습니다. 그리고 행복했습니다. 여러분 건강하세요. 어느 해의 주인 여자. 몇 살 때인지 모를 주인 여자가 슈퍼를 향해 서 있다. 슈퍼 안에 앉아 있는 자신의 평생을 바라본다. 밀가루 봉지 위에 쌓인 먼지를 닦는 여자. 컵라면 위에 컵라면을 올려놓는 여자. 썩은 감을 골라내는 여자. 아이를 업은 여자. 아침 일찍 소주를 따라 마시는 여자. 꾸벅꾸벅 졸고 있는 여자. 전화를 붙들고 울고 있는 여자. 슈퍼 바닥을 빗자루로 쓸고 있는 여자. 찾아온 아들 내외를 돌려보내는 여자. 손자의 손에 막대사탕을 쥐여주는 여자. 슈퍼의 불을 끄고, 문을 닫았다가 다시 들어가 어둠 속의 슈퍼를 휘-, 둘러보는 여자. 한동안 우두커니 서 있는 여자. 일곱 평 슈퍼가 그녀로 가득하다.

*

*계곡에도, 해변에도, 깊은 산 속에도,*

석탑이 있다.

누가 맨 처음 돌 위에 돌을 올려놓을 생각을 했을까.

맨 처음. 돌 위에 돌을 올려놓고 그 사람은 누구의 안녕을 빌었을까.

작은 돌 위에 작은 돌,

큰 돌 위에 큰 돌.

위태로운 마음 위에 마음들.


\*


피콜로, 플루트, 오보에, 클라리넷, 바순, 콘트라바순, 호른, 트럼펫, 트롬본, 팀파니, 제1바이올린, 제2바이올린, 비올라, 첼로, 콘트라베이스 앞에 악보가 있다. 대공연장. 오케스트라 단원들은 검정 정장을 입고 있다. 음표가 된 사람들. 지휘자가 들어온다. 모든 소리가 멈춘다. 순간, 공연장은 고요해진다. 지휘자가 두 손을 들어올린다. 숨죽인 침묵. 음표들이 일어선다. 여기에서 일시에 울리는 것은 베토벤 5번 교향곡, 운명이다. 빠바바밤, 빠바바밤.

운명에는 오직 두 귀만이 필요하다.

여기 당신의 귀와 나의 귀가 나란히 앉아 있다.

＊

그런데 나는.

생각은. 몇 인칭으로 이루어지나. 생각은 1인칭, 2인칭, 3인칭을 넘어서. 생각은 수십 인칭, 수만 인칭이 되기도 하는데. 137인칭이 되었다가 8인칭이나 17인칭이 되기도 하는데. 인칭에 숫자를 매기기 시작한 건 누구의 생각이었을까. '나'는 언제부터 1인칭, 하나였을까. '나'에 대해 말하는 '나'는 어쩌다 하나뿐인 1인칭이 되었을까. '나'는 하나도 둘도 아니고, 때로 '나'는 하나와 둘에도 턱없이 모자라고, '나'는 0인칭이나 무한 인칭이 될 수도 있었을 텐데. 어쩌다 '나'는 1인칭이 되어서 혼자인가. 어떤 '나'도 하나는 아닌데.

＊


그는 시립 도서관, 열람실에 앉아 '30일 완성 단어'를 외우고 있다. 26일 차. 제목은 "잔고와 효도"다. 첫 페이지에 있는 단어는 delinquent연체된, 미불의, overdue기한이 지난, 지불 기한이 넘은, regrettably유감스럽게도, balance잔고, 차감 잔액,이다. 그는 이 네 개의 단어 중 이미 세 개의 단어를 알고 있다. balance는 동사로 쓰일 때, ~의 균형을 잡다,의 의미로 쓰인다는 것도 안다. 하지만 그는 연체된다는 것, 지불 기한을 넘긴다는 것의 진짜 의미는 모른다. 그는 아직까지 한 번도 연체해본 적이 없고, 지불 기한을 넘겨본 적이 없다. 그는 그의 이름으로 된 신용카드를 가져본 적이 없고, 그의 이름으로 나오는 세금 고지서를 받아본 적이 없다. 그는 물론 균형을 잡는다는 것과 잔고 사이에 무슨 상관관계가 있는지 생각하지 않는다. 그에게 균형이란 주말에도 일찍 일어나 부모가 차려주는 밥을 먹고, 책가방을 들고 시립 도서관으로 와서 영어 단어를 외우거나, 수학 문제를 푸는 것이다. 그에게 균형이란 집에 돌아가는 길에 그가 좋아하는 가수의 노래를 듣거나, 편의점에 들러 아이스크림을 사 먹는 것이다. 그에게 균형이란 늦은 밤 술 냄새를 풍기며 귀가한 부모가 그의 좋은 성적을 칭찬하며 5만 원짜리 지폐를 두 장쯤 책상 위에 올려놓는 것이다. 그는 delinquent연체된, delinquent미불의, 영어와 한국어를 번갈아 수없이 읽어서 암기할 뿐이다. 그는 태어난 지 이제 14년이 되었고, 중학교에 다니고 있으며, 가끔은 전교 10등 안에 들어 부모를 기쁘게 하는 모범생이다. 어쩌면 그는 평생 연체나 잔고에 대해 생각하지 않으면서 살 수도 있고, 지불 기한을 넘긴다는 것의 진짜 의미는 죽을 때까지 모르고 살 수도 있다. 하지만 그는 어쩌다가 사업을 하게 될 수도 있고, 사업에 크게 실패할 수도 있으며, 사업에 엄청나게 성공했으나 사기를 당할 수 있고, 사정이 딱한 친구에게 보증을 서줬다가 돈도 가족도 친구도 모두 잃을 수 있다. 생활에 balance가 완전히 무너진 뒤에야 균형을 잡는다는 것과 잔고 사이의 상관관계에 대해 생각하게 될 수 있다. 무엇과 무엇 사이의 균형이든. 균형은 잡고 싶다고 잡을 수 있는 것이 아니며 그의 삶은 그가 원하든 원하지 않든. 그의 뜻과 무관한 방향에서 그의 의지를 완전히 벗어나 그에게 거의 폭력에 가깝게 가해지는, 그가 속한 역사, 정치, 사회와 한 몸이라는 것을 알게 될 수도 있다. 운명이라는 게 있다면. 그는 운명에 골몰한 나머지 운명론자가 될 수도 있고, 모든 중요한 선택의 순간에 점집의 문을 두드리거나 어느 날 갑자기 종교에 귀의할 수도 있다. 운명이 그를 어디로 데리고 갈지. 그가 운명을 어떻게 조금씩 비켜 갈지. 그건 운명도 그도 모르는 우연의 일일 수 있겠지만. 그는 아직 뭐든지 할 수 있는 나이고, 그는 사실 뭐든지 할 수 있는 나이는 아니다. 그런데 그를 이렇게 계속 그라고 부르는 것이 어딘지 어색하다. 한 사람을 몇 살부터 '그'라고 불러도 좋은 것인가. 한 사람이 그가 되는 것은 고등학생 때부터인가 스무 살 때부터인가. 아니면 다섯 살, 열 살에도 그는 그인가. 그가 누구든, 그가 그이든, 아직 그는 아니든. 죽을 때까지 잔고와 균형의 관계에 대해 깨닫지 못하기를 빌어본다.

그는 아직 시립 도서관 열람실 135번 자리에 앉아 영어 단어를 외우고 있다. 27일 차. 제목은 "친구와 주식"이다. inherently본질적으로. inherently본질적으로. inherently본질적으로. 그는 속으로 끊임없이 중얼거린다. 본질적으로. 본질적으로. 본질적으로.

*

본질 옆에 숟가락, 숟가락 옆에 젓가락. 젓가락 옆에 손가락.

손가락 사이에 담배들. 담배를 피우는 사람과 피하는 사람들.

삶에 중독된 사람과 중독되지 못한 사람들.

슬픔에 입을 벌린 사람과 입을 다문 사람들.

그게 누구든.

단추들, 지퍼들, 구멍들.


*

서점에서 우연히 시집 세 권을 읽었는데 세 시집에 모두 '마음'이 있었다.

구멍에 가까운.

마음이라는 시.

*낮이나, 밤이나.*
*오직 마음과 마음 사이를 오가는 날들이 있다.*


\*


열두 명의 남녀가 거실에 동그랗게 앉아 있다. 이 집은 지하 1층, 지상 2층으로 지어진 단독주택이고, 지하에는 당구대와 스크린 골프 시설이 있다. 지상 1층과 2층에는 각각 주방과 거실이 하나씩 있고, 방이 세 개씩 있어서 열두 명의 남녀는 각각 두 명씩 한 방을 쓰며 각 층의 주방에서 직접 요리를 해 먹을 수 있다. 아래층과 위층의 생활공간은 철저하게 구분되어 있지만, 입주자들의 동의하에 주방과 거실은 공유가 가능하며, 룸메이트도 서로의 요구나 필요에 의해 아무 때나 바꿀 수 있다. 남자 여섯, 여자 여섯이 이렇게 한집에 사는 이유는 오직 짝짓기를 위해서다. 집 어디에도 카메라는 없다. 이 집은 관찰 예능과 짝짓기 예능의 포맷을 섞은 프로그램을 위해 지어진 집이 아니라는 얘

기다. 말하자면 이 집은 그런 예능 프로그램의 성공을 보고 아이디어를 얻은 사장의 기획에 의해 지어진 커플 매칭 하우스다. 이 집에 입주하기 위해서는 간단한 서류 심사(건강진단서, 범죄사실증명서, 졸업증명서 등을 포함하는)와 면접이 필요하고, 입주자는 입주가 결정되면 보증금과 월세는 물론, 일종의 가입비를 내야 한다. 초고가의 가입비를 자랑하는, 동시에 높은 결혼 성공률을 자랑하는 결혼정보회사의 가입비보다 조금 낮은 가입비에, 둘만의 동거는 아니지만 석 달이라는 짧지 않은 기간 동안 한집에서 살아볼 수 있는 기회를 제공한다는 점에서 이 커플 하우스는 큰 인기를 끌고 있다. 결혼정보회사와 똑같은 방식으로 입주자의 등급을 매기고 같은 등급의 입주자들을 같은 기간에 입주시키는 것을 원칙으로 한다. 그러니까 지금 여기 모여 앉은 열두 명의 남녀는 같은 등급을 받은 사람들이다. 나이, 외모, 학벌, 직업, 집안, 재산을 특정 기준에 의해 숫자로 환산했을 때 그 평균값이 같은 사람들. 이를테면 키와 몸무게와 연봉에 따른 정확한 수치별 등급이 계산된 사람들. 이 커플 하우스의 매칭률은 아직 발표된 바 없지만, 신청 대기자는 기하급수적으로 늘고 있다. 사장은 분점을 동시에 여러 개 오픈할 계획을 가지고 있다. 여기 앉아 있는 열두 명의 남녀는 오늘 입주했으며 아직 서로의 이름, 나이, 직업을 모른다. 예능 프로그램의 기획 그대로 이들은 오직 외모만을 보고 마음에 드는 룸메이트를 정해야 한다. 물론 룸메이트는 이성이어도 동성이어도 관계없다. 사장의 고전적 취향을 반영한 룸메이트 결정 방식은 수건돌리기다. 열두 명의 남녀가 동그랗게 둘러앉아 노래를 부르기 시작한다. 집에 도착한 순서로 결정된 번호대로 1번 입주자가 제일 먼저 수건을 들고 원을 돈다. 마음에 드는 상대의 등 뒤에 수건을 소리 나게 내려놓는다. 수건을 받은 사람은 수건을 준 사람이 마음에 들면 자리에서 일어나 그 수건을 가지고 수건을 준 사람의 뒤를 따라 같은 방으로 들어가면 된다. 수건을 준 사람이 마음에 들지 않을 경우, 수건을 받은 사람은 수건을 준 사람이 원을 계속 돌도록 그대로 앉아 있다가 노래가 끝나면 자신의 자리에 수건을 준 사람을 앉힌다. 새로운 노래를 부르면서 같은 방식으로 반복한다. 수건돌리기로 룸메이트를 결정하는 커플 하우스의 룰에 입주자들은 처음에 하나같이 난색을 표하면서 어색해하지만 곧 둘러앉은 서로의 표정을 살피며 누구의 뒤에 나의 수건을 놓을지, 누가 나에게 수건을 줄지를 생각하며 서로를 좀 더 집중해서 관찰하게 된다. 이 집에 카메라는 하나도 없지만 열두 명은 서로의 카메라가 되어주며, 예능 프로그램보다 더한 재미와 긴장과 갈등을 만들어간다. 다음 입주자들은 설레는 마음으로 이 집의 문을 열고 들어올 날을 기다리고 있다.

"둥글게 둥글게 둥글게 둥글게 빙글빙글 돌아가며 춤을 춥시다. 손뼉을 치면서, 노래를 부르며, 랄랄랄라 즐거웁게 춤추자. 링가링가링가 링가링가링 링가링가링가 링가링가링 손에 손을 잡고 모두 다 함께."

한 남자가 한 남자 뒤에 수건을 떨어뜨린다.


영상은 한 남자가 민망함에 괴로워하며 노래가 끝날 때까지 원을 돌고 있는 모습에서 끝났다. "링가링가링가 링가링가링" 영상은 커플 하우스의 곳곳에서 입주자들이 생활하는 모습을 유사하게 재연하여 촬영한 것으로, 기계적인 목소리의 내레이션이 위와 같이 커플 하우스의 원칙과 콘셉트를 설명하고 있었다. 그는 한 시간 전쯤 커플 하우스 체인점 모집 사업 설명회에 참석해서 30분가량 이어진 이 사업 소개 영상을 보았다. 이렇게까지 해서 돈을 벌어야 하는 것인가. 그는 일어서서 나가고 싶었으나, 웬일인지 어느 때보다 자신이 몹시 동물적이라고 생각되었으므로. 먹고사는 데 이렇게까지란 없다는 다짐으로 참았다. 그에게는 결혼정보회사에서 같은 등급으로 만나 가정을 꾸린 아내가 있었으며, 그 아내와의 사이에서 낳은 아이가 있었다. 결혼정보회사에 등록할 당시 그의 직업은 허울 좋은 사장이었으나 그가 하던 골프 연습장은 오랜 적자를 견디지 못하고 결혼 직후 문을 닫았다. 아이는 그들보다 나은 등급으로 키우자고 아내와 두 손을 마주 잡았던 것을 그는 기억했다. 다시 한번 계약서의 조항을 꼼꼼히 확인했다. 그가 가맹 점주로서 내야 하는 가맹비와 단독주택 렌트비, 그가 입주자들로부터 받을 돈을 면밀히 따졌고, 빚을 내서 사업을 시작해도 곧 만회할 수 있겠다는 계산이 섰다. 그는 계약서에 망설임 없이 사인을 했다. "둥글게 둥글게 둥글게 둥글게" 노래가 끝날 때까지 원을 돌고 있던 남자의 얼굴이 어딘지 낯익다고 생각하면서.

*

당신, 그건 부르는 말.

아득하게 아득한 너를 부를 때

당신이라는 말.

어디에도 없는 너를 당신, 하고 부를 때

내가 부르는 것은 너인지, 나인지, 그인지

당신은 2인칭이 아니라는 것을 아흔아홉 해를 살고 알았다.

그건 거짓말. 나에게는 부를 당신이 없고 나는 아흔아홉 해를 살지도 않았으니.

계속 속고 싶어 속으로 부르는 말.

너도 나도 불러내지 못하는 말.

이미 오래전 20만 년 전 너의 첫 출현과 동시에 사라진 말.

그러므로 당신, 당신은 무인칭,

당신이 없는 모든 곳에 당신이 있어.

*

　그는 이 노래를 듣다가 알았다. 아득하게 아득한 너를 부
를 때. 너의 가사는 얼마나 통속적인지. 거리마다 그녀의
새 노래가 울려 퍼져서 그는 알았다. 당신은 2인칭이 아니
라는 것을. 그녀가 아흔아홉 해를 살지 않았다는 것은 오래
전부터 알고 있었고 그가 새삼 안 것은 그녀의 이별. 그는
그녀의 새 노래를 듣다가 그녀가 누군가와 또 한 번 이별했
다는 것을 눈치챘다. 그녀와 헤어지고 처음 들었던 그녀의
새 노래에 그는 오래 울었다. 그때도 지금처럼 길을 걷다가
애써 듣지 않으려고 했던 노래에 발목이 붙들려서 그는 화
장품 가게 앞에 한참을 서 있었다. 그가 그녀와 보낸 모든
시간이, 사소한 기억들이, 그와 그녀의 끓는점 같은 것들
이, 그녀의 목소리에 한데 허물어져 거리마다 크리스마스
캐럴처럼 흘러 다녔다. 그가 다른 여자의 허리에 팔을 두르
고 걸을 때에도 그 노래는 봄이면 봄마다 흘러나왔다. 어쩌
면 너도 어쩌면 우리. 한동안 그는 이런 생각으로 끔찍하
게 하루를 버티기도 했다. 어쩌면 너는 어쩌면 우리. 이런

151

생각으로 열에 들뜬 그를 언젠가, 하루가 지나치기도 했다. 계속 속고 싶어 속으로 부르는 말. 그는 그녀에게 매번 새롭게 감탄했다. 너는 사랑하는 척하는 거지. 한 번도 사랑한 적 없지. 사랑이 뭔지 모르지. 너는 사랑한다고 속고 싶어서 사랑하는 척하지. 그가 그녀에게 했던 말. 서로가 서로에게 등을 돌릴 때 나의 너에게. 상처 주고 싶어. 너는 오직 너의 너일 뿐. 너에게 받은 것은 모조리 돌려주려고. 그녀의 새 노래를 들을 때마다 그는 그녀의 가사에 곡을 붙이고, 녹음실에서 처음으로 그녀를 만났던 순간을 떠올렸다. 그런 순간은 없었어야 했다. 그녀의 노래는 어떻게 매번 한 계절의 캐럴이 되는지. 이별은 얼마나 흔한지. 이별은 아직도 얼마나 부족한지. 그는 그녀처럼 자신의 이별을 통속적으로 생각해보았다. 세상에 널리 통하는. 당신. 그는 일주일 전 헤어진 여자가 한 말을 기억했다. 통속적이지 않은 척하지 마. 통속적이지 않은 사랑이 어디 있니. 통속적이지 않은 건 아무것도 없어. 그건 그냥 없는 거야. 네가 통속적이라고 경멸하는 그 노래, 네가 그 노래를 얼마나 사랑하는지 너는 모르지. 어떻게 너는 네가 뭘 사랑하는지도 모르니. 당신이 없는 모든 곳에 당신이 있어. 노래의 마지막 소절이 울려 퍼졌다. 그는 자신이 지금까지 만들었던 노래들을 떠올렸다. 그가 만든 멜로디, 그가 만든 리듬들. 당신이 있는 모든 곳에 사랑이 있어. 어쩌면 너는, 어쩌면 우리. 그는 오래전 화장품 가게 앞에 붙들린 두 발 중 한 발을 내디뎠다. 다시, 당신이라는 말 대신.

*

*다가가다:*

*다가가다는 돌아오는 길이 없다. 앞과 뒤가 같아서 다가가다 돌아서도 다가가다는 다가가다. 둘이 양 끝에서 똑같이 다가-가다. 다가가기 시작한다. 서로에게 다가가기 시작한 것은 멈출 수 없다. 따라가는 눈, 다가가는 입, 뻗은 손, 안은 몸. 더 다가갈 수 없을 때, 둘이 하나가 될 때, 다가가다는 쪼개진다. 다가, 가다. 모든 사랑은 다가, 간다. 둘의 영혼이 하나의 영혼으로. 하나의 영혼이 하나의 몸으로. 깊숙이 들어간다. 입이 입을 막는다. 거친 숨, 떨어지는*

*땀방울. 하나의 몸이 비명으로 사라진다.*

\*

살고 싶습니다
도와주세요

한 남자가 서 있다.

그의 목에 걸려 있는 문장들.

그는 두 손으로 모자를 뒤집어 들고 있다.

*죽고 싶은 아침이었다.*

*한참을 지하철 승강장 벤치에 앉아 있었다.*

*몇 대의 지하철이 들어왔다, 지나갔다.*

*몇 명의 사람들이 남자를 지나쳐 남자와 가까운 벤치에*

*앉았다, 떠났다.*

여전히 한 남자가 서 있다.

*

『논어』에는 '인(仁)'이 수없이 나온다.
'인'이란.
정확한 정의는 어디에도 없다.

*

(음악을 들을 때, 침묵을 함께 듣듯이, 춤을, 무술을 볼 때는 허공을 같이 보아야 동작을 제대로 볼 수 있습니다. 지금 여러분의 두 팔과 두 다리는 어디 있습니까. 이 영상 속에서 장쯔이의 두 팔과 두 다리는 허공에 있습니다. 춤을 배우러 갔더니 허공을 가르치려는 강사가 있었다. 마음이 힘들어 몸을 좀 움

직이려고, 팔다리나 움직이려고, 춤을 배우기로 결심했더니, 춤도 마음이 먼저라고, 허공을 보라고 한다. 허공을 볼 수 있으면 마음도 볼 수 있겠지. 내 마음 하나 어쩌지 못하는 게 인간인데. 그런 인간한테 허공을 보란다. 마음 하나 벗어나지 못한 인간한테 허공을 건너란다. 허허, 웃어야지. 허공을 볼 순 없으니. 허허. 허공을 휘저을 수는 없으니. 허공에서 한바탕 웃는 수밖에.)

한 여자가 어둠 속에서 숨이 넘어가게 웃고 있다. 사방이 너무 캄캄해서 여자가 도무지 어디에 앉아 있는지, 여자가 팔다리를 움직여 춤이라도 추고 있는지 알 수 없다. 목에 뭔가 걸린 듯한 여자의 기괴한 웃음소리만, 울음소리 같은 웃음소리만 어둠 속에 가득하다.

*

*인간의 목구멍,*
*갯벌의 숨구멍,*

그리고 *"깊은 틈새".*

\*

'만남의광장'에 두 사람이 마주 앉아 있다. 둘은 서로의
나이를 모른다. 둘은 서로의 직업을 모른다. 둘은 서로를
모른다. 만남의광장에는 혼자 밥 먹는 사람들을 위한 독
서실형 식탁이 마련되어 있다. 칸막이가 설치된 식탁 위에
여덟 사람이 사이좋게 마주 앉아 국밥을 먹는다. 가마솥에
끓여서 국물이 진하기로 유명한 소머리국밥집은 최근에 방
송에 소개되면서 엄청난 인기를 끌고 있다. 땡동, 땡동, 땡
동, 땡동, 땡동, 땡동, 땡동, 땡동, 땡동, 땡동, 쉬지 않고 벨
이 울려댄다. 소머리국밥은 계속 나오고, 소머리국밥을 앞
에 놓고 마주 앉은 두 사람은 계속 바뀐다. 땡동, 땡동, 땡
동, 땡동, 땡동, 땡동, 둘 중 하나. 당신을 부르는 소리. 만
남의광장에서 소머리국밥은 지금 이 순간에도 펄펄 끓고
있는데.

*

*우리 안에 사자가, 얼룩말이, 곰이 앉아 있다.*
*기린은, 언제 앉을까.*
*생에 단 한 번.*

*

신흥사 툇마루에 앉으면 절 담 너머 대나무들이 보인다.
바람에 흔들리는 나무들. 나무들을 가만히 보고 있으면 댓
잎이 서로 부딪쳐 스치는 소리에 시간을 잊게 된다. 여기가
이영애랑 유지태가 앉았던 자리야. 절에 도착했을 때 남자
가 말했다. 이영애? 오랜만이네. 그녀는 바람에 흔들리는
대나무들을 보면서 별 감흥 없이 말했다. 유지태가 녹음기
사로 나온 영화 있잖아. 「봄날은 간다」봤어? 남자가 대나
무 숲을 가만히 바라보고 있는 그녀를 향해 카메라를 든다.
찍지 마. 그녀는 여전히 시선을 대나무 숲에 둔 채 말한다.

찰칵. 남자는 그녀의 옆모습 대신 그녀가 보고 있는 대나무 숲을 담는다. 하늘이 진짜 파랗다. 그녀는 절 안쪽에서 들려오는 염불에 귀를 기울이며 말한다. 누가 세상을 떠났나봐. 그녀는 툇마루에서는 보이지 않는 절의 대웅전 쪽을 돌아본다. 반대편에서 인기척이 들린다. 그녀와 남자는 동시에 툇마루의 끝을 바라본다. 한 남자가 툇마루에 벌렁 눕는다. 얼굴이 벌겋게 달아오른 오십대 후반으로 보이는 남자다. 남자는 곧 낮게 코를 골기 시작한다. 운전해주신 분인가. 그녀는 남자의 정수리를 한동안 바라본다. 얼마 지나지 않아 절의 뒤편에서 상주가 내려와 남자를 깨운다. 두 남자는 마주 보고 웃는다. 절은 고요하고, 고요한 절에 염불은 가득하고, 툇마루 너머 대나무는 계속 흔들리고, 남자는 다시 벌렁 눕는다. 낮게 코를 골기 시작한다. 갈까? 남자가 묻는다. 아니. 그녀는 앉은 자세 그대로 툇마루에 눕는다. 단청을 하지 않은 담백한 처마 끝과 새파란 하늘이 반반. 하늘이 너무 파랗다. 그녀는 눈을 감는다. 찰칵, 남자는 그녀가 보고 있던 처마 끝과 눈이 시리게 파란 하늘을 담는다. 어떤 끝과 시작을.

*

　산이 있다. 산에 나무들이 있다. 나무들이 숲을 이루고
있다. 나무 사이에 산길이 있다.
　산길을 따라 내려오면.
　산 아래 도시가 있다. 도시에 도로들이 있다. 도로에 가
로등이 있다.
　가로등 몇 개를 지나치면.
　희끗희끗 지워진 횡단보도들이 있다. 횡단보도의 양 끝
에 마주 보고 있는 신호등이 있다.
　그리고 신호등 옆에 신호를 기다리는 사람들.


*


　버스 정류장에 노인 둘이 앉아 있다. 버스 정류장의 유리
벽면에는 버스 시간표가 붙어 있다.
　60-1번 7:00 9:00 11:00 1:00 3:00 5:00

이 버스 정류장에 서는 버스는 단 한 대고, 버스는 두 시간에 한 번 다닌다. 첫차는 아침 7시, 막차는 오후 5시에 있다. 노인 둘은 서로를 보지도, 버스가 오는 방향을 보지도, 시간을 보지도 않는다. 노인 둘은 무표정한 얼굴로 앞을 향해 앉아 있다. 의자가 높아 둘 중 키가 작은 남자 노인의 발이 땅에 가까스로 닿아 있다.

버스 타고 어디 가게?

남자 노인이 묻는다.

가긴 어딜 가. 우리 어머니 집에 가지.

여자 노인이 대답한다.

거기가 어딘데?

남자 노인이 묻는다.

몰라. 어머니가 있는 데가 어머니 집이지. 어디긴 어디야?

여자 노인이 대답한다.

우리 아들은 서울에 있는 대학 병원에서 일해.

남자 노인이 말한다.

우리 어머니 집은 서울이 아니야.

여자 노인이 말한다.

우리 손자는 서울에 있는 좋은 대학에 다녀.

남자 노인이 말한다.

나는 결혼을 두 번, 아니다 세 번 했어.

여자 노인이 말한다.

우리 며느리는 아들이랑 같은 병원 의사야.

남자 노인이 말한다.

나는 애를 못 낳아서 두 번, 세 번 이혼했어.

여자 노인이 말한다.

우리 아들 며느리 오면 내가 당신도 데리고 가자고 할게.

남자 노인이 말한다.

비 올 거 같네.

여자 노인이 말한다.

왜 싫어?

남자 노인이 묻는다.

비 오기 전에 들어가야지.

여자 노인이 말한다.

나는 우리 아들 기다려야 돼.

남자 노인이 말한다.

그래도 들어가.

여자 노인이 말한다.

우리 며느리가 나 좋아하는 단감 가지고 온다 그랬어.

남자 노인이 말한다.

일어나.

여자 노인이 말하며 남자 노인의 손을 잡아끈다.

싫어, 싫어. 이년아. 너 누군데 나를 막 끌고 가.

남자 노인이 갑자기 악을 쓰며 버틴다.

나? 당신 색시잖아.

여자 노인이 웃으며 남자 노인의 어깨를 안아 버스 정류장 뒤쪽으로 이끈다.

남자 노인이 거의 여자 노인에 안겨 휘적, 휘적 걷는다.

버스 정류장 바로 뒤에 요양 병원이 있다. 깊은 산속에 있는 이 요양 병원 근처에 다른 건물은 없다. 요양 병원 앞. 버스 정류장에 정류소의 이름이 씌어져 있다.

요양 병원에서 간호사 한 명이 두 노인을 찾으러 나오고 있다.

할머니, 아침 드셔야죠. 조금 전에 아드님한테 전화 왔었어요.

할아버지 자꾸 데리고 나오시지 말라니까.

할아버지가 할머니 한눈파신 사이에 멀리 가버리시면 어쩌려고.

간호사가 남자 노인의 반대편 팔을 부축하며 말한다.

내 신랑 내가 제일 잘 알지. 걱정 말아요.

여자 노인이 말한다.

여자 노인과 남자 노인과 간호사가 요양 병원 안으로 들어간다.

7:00

60-1 첫차가 요양 병원 정류장에 도착한다.

타는 사람도 내리는 사람도 없어 버스는 정류장에 서지 않고 그대로 요양 병원 앞을 통과한다. 버스 안에 교복을 입은 남학생이 앉아 있다. 요양 병원을 뜻 없이 바라본다.

*

들숨, 날숨, 들숨, 날숨, 들숨,
날숨,

　　　　　　　　　　　*

"도미솔도 라라솔 라도라솔미 레~
도미솔도 라라솔 라솔레미레 도~
라라라라 솔미솔 미미솔미 레~
미미레도 라도솔 솔도미레솔 도~"

그는 운전석에 앉아 하모니카를 불고 있다.
"뜸북뜸북 뜸북새 논~에서 울고"
손님은 없고 비는 오고 택시는 길가에 서 있다.
"뻐꾹뻐꾹 뻐~꾹새 숲에서~ 울 제~"


　　　　　　　　　　　*



거북이는 앉으나, 서나, 엎드리나,

*

두 시간 전에 한 여자가 앞머리를 자르고 간 뒤 미용실 문은 열린 적이 없었다. 김정심은 두어 달에 한 번씩 와서 꼭 앞머리만 자르고 가는 그 여자가 문득 얄밉다는 생각이 들었다. 올 때마다 머리가 바뀌어 있는데, 파마나 염색은 꼭 다른 미용실에 가서 하고 2천 원짜리 앞머리 커트만 하러 오는 그 여자가 갑자기 원망스러웠다. 문 밖에서 김정심헤어스토리 입간판은 쉬지 않고 돌아가는데, 아무도 찾지 않는 미용실 소파에 앉아 김정심은 드라마를 보고 있었다. 딸랑딸랑 종소리가 들려서 김정심은 벌떡 일어섰다. 어서오세요. 안녕하세요. 105동 새댁이었다. 이제 결혼한 지 6년이 되었으니 새댁도 아닌데 다들 그렇게 불렀다. 105동 새댁. 어서 와요. 파마한 지 얼마 안 됐는데 왜? 그녀는 105동 새댁의 깊은 눈을 새삼 감탄하며 바라보았다. 커트하려고요. 이제 아주 능숙해졌지만 여전히 외국인의 억양이 남아 있는 말투로 새댁이 대답했다. 지금 딱 예쁜데. 여기로 앉아봐요, 그럼. 김정심은 새댁의 목에 수건을 두르고 머리카락을 막아줄 천을 둘렀다. 아침에 머리 감았죠? 김정심은 거울 속의 새댁을 보며 물었다. 거울 속에서 새댁이 웃었다. 새댁은 우크라이나 사람으로 6년 전에 결혼을 해서 105동에 살게 되었고, 5년 전에 쌍둥이를 낳았다. 105동 쌍둥이는 엄마를 닮아 인형같이 예쁜 아들들이었는데, 온 동네 사람들이 사랑하는 마스코트 같은 존재였다. 분무기로 머리에 물을 뿌려 적시면서 김정심은 지금 보고 있던 드라마 이야기를 했고, 새댁은 자신도 보는 드라마라고 알은척을 했다. 주인공이 죽을 거 같죠? 김정심이 그랬던가, 새댁이 그랬던가. 뒷머리의 일부분을 핀으로 올려 고정하고 가장 안쪽의 머리카락을 자르다가 김정심은 무심코 거울 속 새댁을 보았다. 새댁의 눈에서 눈물이 한 방울 툭, 떨어졌다. 김정심은 깜짝 놀라서 재빨리 시선을 거두었다. 새댁은 그 뒤로 더는 울지 않았고, 김정심도 그 눈물에 대해 묻지 않았다. 머리를 다 자르고, 드라이를 예쁘게 하고, 새댁은 집으로 돌아갔다. 김정심은 기분이 이상했지만 새댁에게 아무 말도 하지 않았다. 그 뒤로 김정심은 아파트 상가를 오가는 쌍둥이를 자주 만났고, 쌍둥이의 할머니는 10여 년째 그랬던 것처럼 석 달에 한 번 미용실에 파마를

하러 왔다. 하지만 김정심은 그날 이후 다시는 새댁을 보지
못했고, 새댁에 대해 묻지 않았다. 손님은 여전히 뜸했고,
내용이 비슷비슷한 드라마는 계속되었다. 주인공이 죽을
거 같죠? 그로부터 몇 달이 흐른 어느 날 김정심은 다른 손
님에게 무심히 이런 말을 하기도 했다.

*

*하루살이는 잠깐, 수도꼭지 위에 앉았다.*
*하루, 아침, 하나의 죽음이 되었다.*

*

그녀는 신중하고 섬세하게 무기를 고른다. 전술을 제대
로 펼치기만 하면 그녀에게 승리를 안겨줄 무기들. 그녀는
적진에 총을 조준하고 몸을 숨긴다.
그녀는 PC방을 사랑한다. PC방에 도착해서 자리를 잡고

게임에 접속하고 헤드폰에서 게임의 시작을 알리는 배경음
악이 흘러나오면 그녀는 뛰는 심장을 주체할 수 없다.

총을 쏜다. 총을 난사한다.

적진에 침투해 적의 옆구리에 칼을 찔러 넣는다.

살을 찢고 칼이 꽂히는 효과음이 생생하게 들린다.

그녀는 40번 좌석에 앉아 있고, 80여 대의 PC가 거의 꽉
차 있다. 80여 명의 사람이 조금씩 다른 방식으로 무엇인
가를 죽이고 있다. 그들의 나이, 성별, 성격 같은 것은 전혀
중요하지 않다. 그들은 지금, 여기가 아니라 저기, 각자의
적진 속에 있다.


\*


*빈칸, 빈 눈, 빈 마음, 빈자리,*
*어쩌다 '버려진'과 '빈'은 헷갈릴 수도 있겠지만.*
*국어사전에서 '버려진'과 '빈'의 먼 거리를 채우는 말들.*
*벼, 보름달, 본성(本性), 부유하는, 비,*
*'버려진'과 '빈' 사이,*

벼와 보름달과 본성의 시간을 지나.

부유하는,

나와 당신들.

\*

그는 지난해 말, 명예퇴직을 신청했다. 명예퇴직을 신청
해야 퇴직금을 조금이라도 더 받을 수 있기 때문에, 그는
정년을 2년 앞두고 명예퇴직을 신청했다. 그는 그가 3년째
다니고 있는 이 고등학교에 근무하고 있는 평교사 중 가장
나이가 많다. 교감도 교장도 그보다 나이가 어리다. 지난해
교감보다도 어린 교장이 부임했을 때, 그는 압박감을 느꼈
다. 알아서 물러나주는 것이 모두를 위한 일처럼 여겨졌다.
그는 영어교육을 전공했고, 30년째 영어를 가르치고 있었
는데 최근 몇 년 사이 부쩍 학생들을 가르치는 데 어려움을
느꼈다. 어린 시절 1, 2년쯤 외국에 살다 온 학생들이 너무
흔하다 싶게 많았고 그 학생들이 대놓고 그의 발음을 무시
했다. 그는 이제 그가 영어를 잘하는 건지 그것조차 자신이

없었다.

자자, 방학 전 마지막 모의고사니까 최선을 다하고.

답안지 먼저 나눠줄 테니까 책상 위에 올려놓은 거 다 집어넣어.

정규 시간표상 3학년 1반 첫 시간이 영어였기 때문에 그는 3학년 1반의 언어 영역 시험 감독을 맡았다. 답안지를 나눠 주고, 이어 문제지를 나누어 줬다. 확실히 고3은 다르다. 모의고사를 대하는 자세가 1학년이나 2학년 학생들하고는 큰 차이를 보였다. 아이들은 진지하게 시험지를 받았고 말없이 풀어나가기 시작했다. 물론 10분 만에 답안지를 채우고 엎드려 자기 시작하는 아이들도 있었다.

그는 교탁 앞에 서서 아이들을 바라보고 있었다. 시험지 넘어가는 소리를 들으며 그의 아들과 딸을 떠올렸다. 그의 아들은 이제 스물네 살로 군대도 다녀오지 않고, 졸업도 유보한 채 로스쿨 시험 준비에 매달리고 있었다. 그로서는 아들을 전적으로 지원해주고 싶었지만 로스쿨에 붙는다 해도 학비가 만만치 않다는 것을 알고 있었기 때문에 늘 마음 한편에 부담을 느꼈다. 7월에 LEET 시험이 있었다. 지금으로서는 일단 시작한 공부니 좋은 점수를 얻기 바라는 것밖에 그가 해줄 수 있는 일은 없었다. 그의 딸은 아들과 연년생으로 동생과 똑같이 졸업을 유보하고 취업을 준비하고 있었다. 딸은 공기업을 목표로 매일 새벽같이 학교 도서관에 나갔다가 밤 12시가 다 되어서야 들어왔다. 딸의 얼굴을 보기 힘들었고, 어쩌다가 보게 돼도 딸이 워낙 예민해져 있어서 그로서는 무슨 말이든 하는 것이 조심스러웠다. 당장 퇴직을 하면 연금으로 아내와 나는 먹고살 수 있겠지만, 아이들이 큰 문제다. 물려받은 재산이 조금만 있었어도. 요즘 그가 가장 많이 하는 생각이었다. 퇴직 후 무슨 일을 해서 돈을 벌 수 있을까. 그는 여름방학 교사 연수 프로그램에서 '미래 설계'를 발견하고, 신청했다. 일주일 동안 수안보 온천에서 합숙하면서 받는 연수였는데, 뾰족한 답을 얻을 것이라 기대한 것은 아니었지만 무슨 말이라도 들어보고 싶었다. 그거 듣고 내가 딱 한 가지 결심한 게 있어. 절대로 아무것도 하지 말자. 미래는 설계하지 않는 게 제일 안전하다. 그보다 1년 먼저 명예퇴직을 한 동료 교사의 말을 그는 기억했다. 그럼에도 그는 미래 설계를 신청했다. 그가 할 수 있는 일이 현재로서는 그것밖에 없었기 때문에. 아, 퇴직하고 뭐 하나. 그런 생각을 하고 있었을 것이다. 그

172

가 소리 내 한숨을 쉬었다는 것을 그는 학생들의 시선을 통해 깨달았다. 그가 너무 큰 소리로 한숨을 쉬어서 학생들이 단체로 고개를 들었다. 안 풀리는 문제 앞에서 정작 한숨을 쉬고 싶은 게 누군데. 학생들은 황당한 눈빛으로 그를 바라보았다. 아, 미안, 미안. 그는 멋쩍게 뒤통수를 긁적거렸다. 학생들의 시선은 이미 모두 시험지로 돌아갔고, 시험지 넘기는 소리가 여기저기에서 들려왔다. 그는 창가로 걸어가 창틀에 걸터앉았다. 창으로 쏟아져 들어오는 햇볕이 뜨겁게 그의 등에 닿았다. 맨 앞자리에서 문제를 풀고 있는 아이의 시험지를 무심히 보았다. 계용묵의 「구두」를 비롯한 세 개의 지문 옆으로 다섯 개의 문제가 있었다. 그중 그의 눈에 들어온 것은,

*

49. 윗글을 통해 얻을 수 있는 교훈으로 알맞은 것은?
① 사람은 항상 자신이 한 일에 책임을 져야 한다.
② 무슨 일이든 조급하게 서두르면 실패하기 쉽다.

③ 사소한 실수는 용서할 줄 아는 아량이 필요하다.

④ 위급한 상황에서도 정신만 차리면 살아날 수 있다.

⑤ 남이 오해할 만한 행동은 가급적 안 하는 것이 좋다.

—언어 영역 기출문제

그는 보기 다섯 개를 모두 교훈으로 마음에 새겼다. 특히 2번과 4번은 그에게 어떤 계시처럼 눈에 띈 것 같았다. 맨 앞자리의 학생은 1번이라고 답을 썼다. 그것이 정답인지 아닌지 그는 알 수 없었다. 책임이라는 말은 어느 때보다 무겁게 느껴졌다. 어디까지가 그의 책임일까. 아들과 딸을 언제까지 책임질 수 있을까. 그는 한숨을 삼켰다.

*

죽을 때 죽더라도.

어느 때나 눈사람을 보면 그런 생각이 든다.

눈은 그저 내리고, 어디에나 똑같이 내려 쌓이는데.

눈을 뭉쳐 눈사람을 만드는 건 사람의 일.

눈사람은 누군가의 기억 같아.

죽을 때 죽더라도.

이유는 모르겠다.

눈사람이 세계 곳곳에 놓여 있다.

계절의 끝에, 아이들의 침대 맡에, 깊은 꿈속에.


*


거대한 나뭇잎 모양의 나무 아래, 한 사람이 있다.

표정은 보이지 않는다.

중국집 벽에 걸린 그림, 속에, 앉아 있는 여자.

그녀의 머리 뒤로 해가 지고 있다.

역광 사진처럼 그녀의 얼굴이 까맣다.

*

운동장 끝에 *미끄럼틀, 그네, 시소, 철봉, 정글짐, 구름사*
*다리가 있다.*

*누구나 가지고 있는 기억 속의 운동장.*

*운동장의 그네는 언제나 한쪽이 고장 나 있고, 철봉의 칠*
*은 벗겨져 있다.*

*마치 모든 기억이란 그렇다는 듯.*


*

네 명의 남자가 커다란 탁자를 사이에 두고 앉아 있다.
일식 다다미방 안에 잘 차려진 술상. 생선의 붉은 살점들이
차가운 돌 위에 서너 점씩 놓여 있다. 네 사람이 모두 도착
한 것은 10분 전. 그들은 누가 먼저랄 것 없이 서로에게 악
수를 청해서 호기롭게 인사를 나누었다.

아무도 말을 시작하지 않는다.

술잔이 채워진다.

잔이 부딪치는 소리들.

술잔에 긴장이 가득하다.


욕망들이 마주 앉아 있다.

각자의 무릎을 만지면서.

서로의 어깨에 팔을 두르고.

너의 욕망과 나의 욕망이 맞물려 있음에 안도하면서.


욕망은 기억을 적극적으로 왜곡해. 네 남자는 이 순간을
모두 다르게 기억할 것이다.


*


기억에도 포즈*pose*가 있다.

어색한 포즈로 어색해하는. 너는 한 가지 포즈밖에 없어.
매일 똑같은 포즈. 지겹지도 않니. 타박받는 게 지겨워서
사진 찍기가 싫어졌는데. 멋진 포즈 좀 해봐. 두 팔을 번쩍

들거나 팔다리를 사방으로 펼치며 하늘로 뛰어오르거나 짐
짓 자연스럽게 뒤를 돌아봐. 생각에 잠긴 척, 책을 읽는 척,
눈은 여기 말고 저기, 카메라를 의식하지 말고, 찰칵, 찰칵.
사람에게 포즈가 있다는 건 재미있는 일이죠. 어떤 포즈
로 살겠다 생각해본 적 있어요? 뒷짐을 지고 천천히 걷다
가 갑자기 멈춰 서는 포즈로. 포즈에 대한 이해가 부족하시
군요. 타박을 받고 말았다. 포즈로만 살기로 결정한 사람처
럼. 슬픈 것도 없죠. 퍼어즈pause. 퍼어즈. 잠깐 멈춰. 사진
을 찍듯이. 포즈로 버틴다는 건 산 건가요 죽은 건가요. 묻
고 싶은 건 포즈와 퍼어즈 사이. 전투는 대체 언제 끝나나
요? 퍼진 눈동자. 벌어진 입. 번진 전염병. 잠깐 멈춤. 어둠
속에서 한 손을 허리에 올리고. 신나는 포즈로 울고 있는.
당신과 나. 어느 쪽이든. 포즈를 결정하는 건 욕망이겠지
만. 누구나 죽을 때는 한 가지 포즈밖에 없어. 찰칵, 찰칵.

*

엄마와 딸이 낚시터에 앉아 있다. 낚싯대를 앞에 두고, 오지 않는 물고기를 기다린다. 물결은 잔잔하고, 사방은 고요하다. 엄마는 남편을, 딸은 아빠를 생각하고 있다.

주말마다 여기 앉아 있던 한 남자를.

미동도 하지 않는 찌 끝에 그가 오고, 간다.

*

*자궁의 시간.*

*자기소개의 시간.*

*자해의 시간.*

*자포자기의 시간.*

*자자손손의 시간.*

*

어렸을 적 저희 집 신발장 앞에는 항상 수많은 회색 종이가 쌓여 있었습니다. 그것이 신문이라는 것을 알게 되고, 조금 더 커서는 경제 신문이라는 것을 알게 되었습니다. 경제 신문이라는 말뜻을 모를 때부터 경제가 무엇인지 궁금했습니다. 언젠가부터 신발장 앞에 신문들이 보이지 않기 시작했습니다. 그 신문들의 행방이 궁금해질 무렵 저는 기숙사가 있는 고등학교에 진학하였고 경제 신문을 구독하기 시작했습니다. 매일 아침 자습 시간마다 신문을 읽으면서 제가 알지 못하는 더 큰 세상이 있다는 것을 알게 되었습니다. 그리고 저는 신문의 단골 등장인물인, 경제의 주인공이라고 느껴졌던 기업들과 기업 환경에 대해 관심을 가지게 되었습니다.

저는 경제가 사람들의 삶에 있어 가장 기본이 되는 것이며 국가 경제의 성장이 국민들의 삶을 조금 더 행복하게 할 것이라고 생각합니다.

그녀는 여기까지 썼다. 이 자기소개서는 그녀가 쓴 2백 번째 자기소개서다. 그녀는 단 한 번도 경제와 관련된 일을 하고 싶은 적이 없었다. 그녀는 한 번도 자신에 대한 자기소개서를 써본 적이 없었다. 지난 1년 동안 2백 명의 자기소개서를 썼고, 그중에는 남자와 여자가 반반쯤 섞여 있었다. 한 건당 50만 원에서 많게는 백만 원을 받았다. 대입 자기소개서부터 입사 자기소개서까지 그녀가 써준 자기소개서의 합격률이 높다는 입소문은 순식간에 일거리로 돌아왔다. 그녀는 어쩌다 자신의 직업이 자기소개서 쓰는 사람이 되었는지 알 수 없었다. 그녀가 쓰고 싶었던 것은 현빈이나 공유가 나오는 드라마였다. 살아 있는 인물을 창조하고 싶었다. 그렇다. 그녀는 새로운 인물을 창조하고 있다. 꿈을 절반은 이룬 셈이다. 사실 그녀는 이 여자에 대해 아는 게 전혀 없다. 이력서를 통해 기숙사가 있는 고등학교에 다녔다는 것과 미국에 있는 초등학교를 졸업했다는 사실을 알았을 뿐이다. 그래도 그녀는 이 여자를 합격시킬 것이다. 그녀는 어떻게 하면 이 여자의 성장 배경과 지원 동기를 더 그럴듯하게 포장할 수 있을지, 자신이 쓴 부분을 꼼꼼히 읽으며 고심했다. 여자 본인이 직접 쓴 것처럼. 그게 자기소개서 대필 알바의 원칙이다. 가장 본인이 쓴 것처럼. 그녀는 잠깐 이 여자가 되어보았다. 그러므로 다시 절반의 성공. 그녀는 직접 아이유나 김태리가 된 것이다. 그녀는 이여자로 빙의해서, 이 여자를 연기하며, 철저하게 이 여자답게 문장을 써보려고 노력하고 있다. 처음부터, 다시, 태어나서.

\*

*아스팔트 위에 한여름 햇볕이 쏟아진다.*

*아지랑이가 피어오른다.*

*한 사람이 자기 몸보다 더 큰 손수레를 끌고 아지랑이를 통과한다.*

*지나치게 뜨거운 것들은 어디에나 아지랑이를 일으켜.*

*사랑도 분노도 눈을 가린다.*

*술도 속도도 눈을 가린다.*

*온도와 무관하게.*

*살아야 한다, 살아낸다, 산다.*

*버틴다, 버틴다, 버틴다.*

*눈을 감고, 눈을 뜨고, 눈을 감은 척,*

*어느 날은 살다와 버티다가 같아지기도 하겠지만.*

*돌아보면.*

*아지랑이 너머 가파른 아스팔트가.*

*처음부터 다시, 태어나고 있다.*


\*


다시 태어난 것은 아니었지만. 그는 이 비행을 위해 특별 훈련을 받았다. 사바섬으로의 비행은 처음이었다. 그가 곧 착륙할 후안초 E. 이라우스퀸 공항은 활주로가 4백 미터밖에 되지 않고, 거의 절벽에 자리 잡고 있기 때문에 여기에 착륙하기 위해서는 특별 훈련이 필요했다. 이 공항에 모든 항공기가 착륙할 수 있는 것도 아니었다. 가장 아름다운 활주로로 손꼽히는 사바섬의 활주로. 그는 이 활주로에 직접 착륙하는 순간을 얼마나 기다렸던가. 오늘은 조종사라면 누구나 한 번쯤 꿈꾸는 사바섬으로의 비행이 이루어진 역사적인 날이다. 사바섬이 한눈에 들어왔다. 드문드문 뜬 구름. 신이 바다 위에 실수로 떨어뜨리고 간 듯한 작고 아름다운 섬이 그의 눈앞에 있었다. 활주로는 섬의 오른쪽 귀퉁이 절벽에 그 단호한 자태를 드러냈다. 그는 천천히 섬에 다가갔다. 비행기에서 두 바퀴가 나올 때 그는 자신의 두 발을 활주로에 내려놓는 기분이었다. 활주로에 막 두 바퀴가 닿은 순간, 그는 탄성을 질렀다.

오, 주여!

그는 그가 난생처음 신을 불렀다는 사실을 깨닫지 못했다.


\*


*창밖에 맨드라미가 피어 있다.*

(1년 전 이 집에 살았던 여자는 올해 예순한 살이 되었다. 그녀는 이 창 앞에 앉아서.

어릴 땐 맨드라미로 고기 반찬을 만들었는데.

맨드라미를 썰어서 소꿉놀이를 했지. 제법 고기 같았는데.

창밖에 맨드라미를 보았다.

그녀가 호주로 뒤늦은 이민을 떠나고 이 집에 살게 된 남자
는 올해 스물아홉 살이 되었다.

그는 이 창 앞에 앉아서 맨드라미를 볼 때마다.

맨드라미가 사건처럼 피어 있다.

맨드라미는 꼭 사건처럼 피어난다. 살처럼. 생각했다.

10년 전 이 집에 살았던 여자가 맨드라미를 심었다. 그녀는
지난해 세상을 떠났다.

맨드라미를 심으면 자손이 잘된다는 말을 들은 날 그녀는
바로 맨드라미를 심었다.

창밖에 맨드라미를 볼 때마다 자식들의 출세를 빌었다. 바
로 이 창 앞에서.

그녀의 바람대로 맨드라미 같은 벼슬을 달고 자식들은 이
집을 떠났다. 집 앞에 나가서 한참 손을 흔들고 들어온 뒤에도
이 창에 서서 그녀는 자식들이 걸어간 큰길 쪽을 바라보았다.
맨드라미가 피어 있을 때나 피어 있지 않을 때나. 그녀는 이
창 앞에서 기다렸다. 기다림이 그녀의 유일한 일이 되었을 때
그녀는 요양 병원으로 옮겨졌다.)

창밖에 맨드라미가 있다.

*

한국어에는 자음과 모음이 있다.
꽃과 꽃받침이 있다.
아이와 부모가 있다.

*

그것은 담담하다. 그것이 화를 내는 모습을 상상조차 할
수 없다거나 그것이 우는 것을 한 번도 본 적이 없다는 얘
기가 아니다. 담담함이 어떤 형태로 존재한다면 그것과 같
은 모습이 아닐까. 그것은 언제나, 누구에게나, 공평하게
담담하다. 아, 하고 말하면 아무 대답도 안 들리지만 언제
나 그 자리에 있는 벽. 그것은 거의 벽에 가깝다. 그것이 어
디 있든, 무심코 그것에 눈길이 가닿는다. 매일 조금씩. 창

문을 닦듯이. 빨래를 널듯이. 입김을 불어, 아, 그것의 얼굴을 닦는다. 아, 세상의 거의 모든 사람이 그것을 가지고 있어. 그것은 어디에나 있다. 사람들은 그것의 얼굴에서 각자의 통곡을 읽는다.

보이지 않는 통곡. 깊은 주름들.
거울 앞에 사람들이 있다.

*

*먼 산에 무지개.*
*백합 속의 나비.*

개미가 가던 길을 잠깐 멈춘다.

*

토성의 달 '테티스'의 표면에는 거대한 크레이터가 있다.

천체와의 충돌로 생긴 지름 450킬로미터의 흉터.

테티스의 지름이 1071킬로미터인 것을 감안하면 거의 존재의 절반에 가까운 흉터다.

테티스의 표면은 대부분 물, 얼음으로 이루어져 있다. 그래서 테티스는 얼음달이라 불린다.

인간에게도 이런 크레이터가 있다.

절반에 가까운 흉터로 이루어진 인간들.

그들은 얼음의 심정으로 산다. 무엇으로도 불리지 않는다.


*


「호수의 표정」

그해 4월에 국민연금 5급 승진자들의 연수가 있었다. 연수는 서울에서 두 시간 거리에 있는 도시에서 진행되었다. 그 도시에는 큰 호수와 슬픈 전설을 가지고 있는 고개가 있다. 박달 도령과 금봉 낭자의 이야기. 과거를 보러 한양에 가던 박달 도령은 우연히 금봉 낭자의 집에 머물게 되고, 박달 도령과 금봉 낭자는 사랑에 빠진다. 장원급제하여 돌아오겠다고 약속한 박달 도령이 금봉 낭자의 집을 떠나고 금봉 낭자는 매일 박달 도령을 그리워하며 기다린다. 박달 도령은 오지 않고 애태우며 기다리던 금봉 낭자는 그만 세상을 떠나고 만다. 박달 도령은 한양에서도 계속 금봉 낭자만 생각하느라 공부에 집중할 수가 없었다. 과거에 떨어진 박달 도령은 금봉 낭자를 찾아오지만 이미 금봉 낭자가 세상을 떠난 뒤라는 것을 알게 된다. 금봉 낭자가 죽었다는 사실을 알고 슬픔에 잠겨 있던 박달 도령은 금봉 낭자의 환영이 나타나자 넋을 놓고 금봉 낭자를 따라가다가 그만 벼랑에서 떨어져 세상을 떠나고 만다. 박달 도령과 금봉 낭자의 슬픈 사랑 이야기. 기다릴 것이 있다면. 상길은 하마터면 제천IC를 지나쳐 갈 뻔했다. 1차선에서 달리고 있다가 급하게 네 개 차선을 가로질러 차선을 변경하느라 애를 먹었다. 덤프트럭이 그를 향해 위협적으로 양쪽 라이트를 깜빡거리는 것이 백미러로 보였다. 지나쳤더라면 강연에 늦었을 것이다. 연수는 호수가 한눈에 내려다보이는 레이크 호텔에서 진행되었다. 상길은 둘째 날 프로그램 중간에 있는 인성 교육 시간에 강의를 하기 위해 박달 도령의 도시로 내려가는 길이었다. 기다릴 것이 있다면. 톨게이트를 통과하면서 상길은 액셀러레이터를 밟고 있는 발에 힘을 주었다. 상길이 운전하는 차가 빠른 속도로 박달 도령의 도시 속으로 들어갔다.

류상길 씨?

류상길 씨 맞죠?

호텔 지상 주차장에 차를 세우고 막 차에서 내렸을 때 낯선 목소리가 들렸다. 상길은 고개를 돌려 소리가 난 쪽을 바라보았다.

반갑습니다. 오랜만이에요.

상대방이 손을 내밀며 가까이 다가오고 있었다.

누구?

상길은 아직 상대가 누구인지 기억해내지 못했다.

이거 서운한데요. 저 김연학입니다.

상길은 기억 속을 열심히 뒤져보았지만 김연학이라는 이름은 찾을 수 없었다. 엉거주춤한 자세로 손을 내밀었다. 김연학이 상길의 손을 잡고 가볍게 흔들었다. 상길은 연학의 손이 굉장히 뜨겁다고 생각했다.

열이 좀 있는 거 아닌가요? 저를 정말 아세요?

상길은 대놓고 묻지 않았지만 김연학을 의심스러운 눈으로 바라보았다. 김연학은 상길의 시선을 피하지 않고 오히려 장난스럽게 상길의 눈을 더 빤히 바라보았다.

기억을 못 하시는 것 같네요.

김연학이 상길의 손을 놓고 주머니에서 지갑을 꺼내며 고개를 가볍게 흔들었다. 어떻게 자신을 이렇게 새까맣게 잊었는지. 황당하다는 표정으로.

김연학이 꺼내준 명함을 받아 들고도 상길은 김연학을 떠올리지 못했다.

아, 김연학 기자님. 죄송합니다.

상길은 어색하게 웃었다. 사실 김연학은 상길이 자신을 끝내 기억해내지 못했다는 것을 알아차렸지만 상길이 무안하지 않도록 웃어넘겼다.

그런데 여긴 어쩐 일로?

상길이 마치 김연학을 안다는 듯이 김연학에게 물었다.

아, 인터뷰가 있어서요.

그러는 상길 씨는 여기 무슨 일로?

아, 저는 강의가 있어서요. 시간이 조금 빠듯해서. 그럼 전 먼저 들어가보겠습니다.

상길이 서둘러 김연학을 앞질러 갔다. 김연학은 상길이 성큼성큼 걸어가는 뒷모습을 바라보며 천천히 걸었다. 인터뷰는 다음 날 아침이었고, 김연학은 몇 년 만에 다시 찾은 이 도시에서 쉬고 싶은 마음에 하루 일찍 내려온 참이었다.


상길은 강의를 해야 하는 장미 홀이 2층에 있다는 것을 알고 있었다. 3층 로비에서 장미 홀로 곧장 내려갈 생각이었지만 김연학, 김연학, 김연학. 계속 김연학의 이름을 되뇌면서 계단을 내려 밟다가 1층까지 내려오고 말았다. 김연학, 김연학. 김연학을 기억해낼 수 없었다. 1층 유리문 앞쪽으로 벚나무 몇 그루가 서 있는 것이 보였다. 가든, 산책 길. 표지판이 1층 현관문 옆에 화살표를 달고 서 있었다. 상길은 손목시계를 확인했다. 강연 시간까지는 아직 30분의 여유가 있었다. 상길은 이 도시가 처음이었고, 물론 이 호텔도 처음이었다. 내가 만났던 사람 중에 김연학이라는 이름을 가진 사람이 있었던가. 김연학.

유리문을 열고 밖으로 나오니 부채꼴 모양의 호텔 안쪽으로 아늑하게 조성된 정원이었다. 정원 아래쪽으로 물빛이 짙은 초록 호수가 눈에 들어왔다. 아, 상길은 감탄했다. 호수의 물빛이 특히 마음에 들었다. 큰 벚나무들이 정원 둘레를 따라 심겨 있어서 바람이 불 때마다 벚꽃잎들이 흩날렸지만 상길은 한 번도 꽃에 감흥을 느껴본 적이 없었다. 고속도로를 빠져나와 이 호텔까지 오는 동안에도 줄곧 이 도시는 왜 이렇게 온통 벚나무뿐인가, 오히려 의아해했던 것이다. 아닌 게 아니라 도시의 거의 모든 도로가 꽃 대궐을 이루고 있었다. 구불구불 이어지며 끝나지 않을 것 같은 벚꽃 터널을 겨우 빠져나올 수 있었던 건 그나마 호텔 주차장에 들어서서였다. 호텔 입구를 지나쳐 이어지는 길고 긴 도로 양옆으로도 벚나무가 끝없이 늘어서 있었다. 상길은 멀미를 느꼈다. 너무 하얗고 눈부신, 괜스레 사람의 마음을 울렁이게 하는 저 꽃을 상길은 한 번도 좋아해본 적이 없었다. 그러므로 짙은 물빛이 아니었다면 상길은 산책로를 걷지 않았을 것이고, 돌계단을 내려가 호수 가까이 나 있는 좁은 산책로를 걷지 않았을 것이다. 아마 강연장에 조금 일찍 들어가 시간에 맞춰 강의 준비를 하거나 회사 측 관계자들과 인사를 나눌 수도 있었을 것이다. 하지만 그날의 호수는 너무 짙은 초록이었다. 상길은 그렇게 짙은 초록의 호수를 본 기억이 없었다. 김연학. 김연학. 상길은 산책로를 따라 걷다가 호숫가로 내려가는 돌계단을 발견했다. 계단 옆에 커다란 우체통이 서 있었다. 호숫가 우체국. 우체통에 커다랗게 호숫가 우체국이라는 글씨가 씌어져 있어서 상길은 계단을 내려가며 무심히 호숫가 우체국을 바라보았다. 김연학. 김연학.

반갑습니다.
반갑습니다.
인터뷰에 응해주셔서 감사합니다.
다음 날 아침, 김연학은 호텔 로비에서 신을 만났다. 신은 10시 정각에 나타났다. 김연학은 습관적으로 신에게 손을 내밀었다. 신은 손을 내밀지 않았다.
여기 1층에 카페가 있습니다. 그곳으로 가실까요?

아니요. 카페는 영 적응이 안 돼서. 여기 호수 산책로가 어떨까요?

신이 물었다.

좋습니다. 그러면 제가 메모를 할 수 없으니 녹음을 해야 하는데 괜찮으시겠습니까?

물론입니다.

그렇게 둘은 걷기 시작했다.


그로부터 한 달 뒤, 잡지에 실린 두 사람의 인터뷰.


**김연학 (이하 김)**  안녕하세요, 반갑습니다. 이렇게 인터뷰에 응해주셔서 다시 한번 감사드립니다.

**신**  네, 반갑습니다.

**김**  여쭤보고 싶은 말씀이 많지만 우선 요즘 어떻게 지내고 계시는지 근황 이야기를 좀 해주시죠.

**신**  근황이랄 게 없는데. 이 도시로 온 지 한 달이 조금 넘었습니다.

**김**  저는 어제 오후에 내려왔는데 여기 주차장에서 류상길 씨를 만났습니다.

**신** 그렇군요, 어제의 일과 그 만남이 관계가 있다고 생각하십니까?

**김** 글쎄요, 독자분들이 제 생각을 궁금해하진 않으실 것 같습니다. 그보다 당신도 고통을 느끼시나요?

**신** 고통을 느낀다, 그건 어려운 문제인 것 같습니다. 저는 물론 어제도 뭔가를 느끼기는 했습니다. 지금도 느끼고 있고요. 아주 짧은 순간이긴 했지만 류상길 씨가 무심히 호숫가 우체국을 지나칠 때를 예로 들어봅시다. 상길 씨가 호숫가 우체국이라는 여섯 글자를 읽었을 때, 저는 순간적으로 슬픔을 느꼈습니다. 그런데 그건 상길 씨가 느낀 감정이었다고 하는 편이 더 정확할 것 같습니다. 제가 느끼는 어떤 감정이라는 것이 글쎄요, 그것이 제 것이라고 할 수 있는 것인지. 좀 어려운 문제인 것 같군요. 더구나 고통이라면. 더 어렵다는 생각입니다. 저는 상길 씨가 호숫가 우체국을 지나칠 때 순간적으로 슬픔을 느꼈지만 웃고 있었지요. 동시에 웃을 만한 일도 있었기 때문입니다. 저는 당신처럼 일희일비합니다. 당신도 알겠지만 수많은 감정이 수도 없이, 제 마음에 들어왔다 나갑니다. 그런데 저의 경우 그 속도가 당신보다 조금 빠르다고 할 수 있겠죠. 아주 짧은 0.0001초 사이에 수만 개의 희비가 오고 갑니다. 지금 이 순간도 그렇습니다. 저는 몹시 기쁘기도, 몹시 슬프기도 합니다. 그런데 그것이 고통인가 하면, 그건 제가 답할 수가 없습니다. 대신 이렇게 말할 수 있겠지요. 류상길 씨가 이제 조금은 편안해졌으리라는 겁니다.

그는 「호수의 표정」을 여기에서 끝냈다. 더 이어 쓰지 않았다. 그의 처음 계획에 따르면 류상길 씨는 다음 장면에서 자신이 이미 죽은 사람이었다는 것을 눈치채야 했다. 호숫가 산책로를 걷던 류상길 씨는 호수가 어쩐지 낯설지 않다는 생각을 하게 될 것이고, 방금 지나쳐 온 호숫가 우체국과 자신이 뭔가 상관이 있다는 것을 깨달을 것이었다. 결국 류상길 씨는 또다시 호수를 향해 몸을 던져야 했다. 그리고 김연학. 김연학은 죽음을 취재하는 죽음 전문 취재기자로, 그의 설정에 따르면 김연학은 산 자와 죽은 자는 물론, 크고 작은 신들을 알아보았고, 그들과 대화를 나누었으며, 그들과의 인터뷰를 자신이 직접 기획하고 발행하는 잡지에 실었다. 김연학은 류상길이 처음 세상을 떠난 날 그와 인터뷰를 했고, 그 죽음에 대해, 지독한 기다림에 대해,

상길 씨의 사연에 대해 이미 잡지에 실은 적이 있었다. 김연학에 따르면 신은 어디에나 있었다. 하지만 그는 「호수의 표정」을 여기에서 끝냈다. 그의 이름은 류상길이나 김연학은 아니었다. 물론 그는 신씨 성을 가진 사람도, 진짜 신도 아니었다. 그가 이 이야기를 그만둔 이유는 오직 류상길 씨 때문이었다. 그는 사실 류상길을 몰랐다. 그런 이름을 가진 사람을 만난 적도 없었고, 비슷한 이름의 친구도 없었다. 류상길은 철저하게 그가 만들어낸 이름의 인물이었다. 그가 아는 누구와도 닮지 않았으며 그에게 누구를 연상하게 하는 구석도 전혀 없는 인물이었다. 그러니까 오로지 「호수의 표정」에만 존재하는 인물. 그런데 그는 류상길의 사연에 대해 골똘히 생각하다가 그만 류상길의 얼굴을 마주치고 말았다. 그것은 분명 실수였다. 류상길의 표정을, 류상길의 눈빛을 보고 말았다. 그는 류상길에게 어떤 사연도 만들어주고 싶지 않았다. 그는 류상길을 죽이고 싶지 않았다. 그는 류상길을 박달 도령과 금봉 낭자와 같은 슬픈 사랑의 주인공이 되게 하고 싶지 않았다. 그는 류상길을 살아 있으면서 이미 죽어버린 사람이 되게 하고 싶지 않았다. 죽어서도 죽지 못하는 사람이 되게 하고 싶지 않았다. 그는 신의 마지막 말처럼, 그저 류상길 씨가 조금 편안해지기를 빌었다. 그의 진심에 그도 놀랐다. 그는 신을 흉내 낸 자신을 자책했다. 신의 음성을 감히 인간의 언어로 옮기려 한 자신의 무모함에 놀랐다. 그는 「호수의 표정」을 이어 쓰는 대신, 한글 문서 창을 닫고, 자리에서 일어섰다. 꽃잎이 날리는 길을 따라 달리며 꽃을 싫어하는 것은 류상길이 아니라 자신임을 생각하며 웃었다. 류상길처럼 IC를 놓칠 뻔하지 않았다. 레이크 호텔에 도착했다. 호숫가를 걷다가 하얗게 꽃잎이 떨어져 쌓인 산책로 중간에 놓인 나무 벤치에 앉았다. 벤치 위에도 꽃잎이 드문드문 떨어져 있었다. 가만히 호수를 바라보았다. 바람에 물결이 조금씩 움직이는 것이 보였다. 눈을 감고, 바람의 소리를 들었다. 「호수의 표정」은 처음부터 다시 씌어질 것이다. 그는 노트를 꺼내, 메모하기 시작했다.

*

어떤 시간도 공평하게 간다.

시간이 흐른다는 것을 무엇으로 증명할 수 있을까.

감자에 싹이 나고, 물 밖의 물고기가 썩고, 방충망에 뿌
옇게 먼지가 낀다.

비는 내리다 그치고

더위가 가고 추위가 온다.

너밖에 생각할 수 없었다가

한 침대에 잠든 너를 보고 있어도 네 생각을 하지 않게
된다.

시간이 무섭다고 생각한 적이 있다.

가만히 있는 것들을 자라게 하고, 썩게 하고,

기어이 사라지게 하는.

황홀한 삶을.


\*


여기 얼마나 앉아 있었을까.

기둥도 뿌리도 없이, 잎도 열매도 없이.

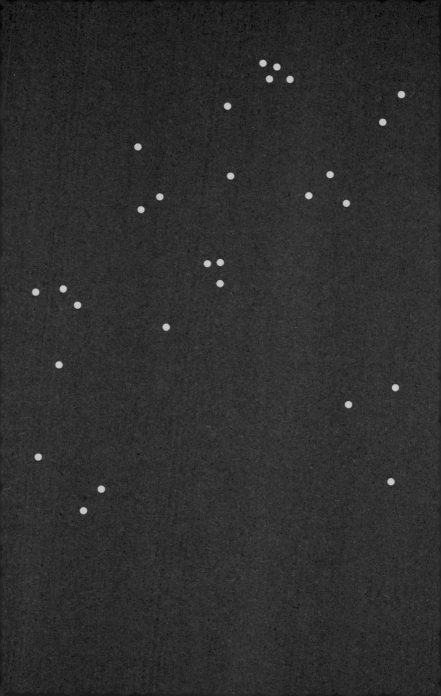

**작가의 말**


0과 1 사이,
어디쯤


2019년 가을
윤해서